剑桥历史分类读本

世界文学的历史

丁牧 主编

中国商务出版社
CHINA COMMERCE AND TRADE PRESS

图书在版编目（CIP）数据

世界文学的历史 / 丁牧主编 . -- 北京：中国商务

出版社，2017.8

剑桥历史分类读本

ISBN 978-7-5103-2009-5

Ⅰ . ①世… Ⅱ . ①丁… Ⅲ . ①世界文学－文学史

Ⅳ . ① I109

中国版本图书馆 CIP 数据核字 (2017) 第 204148 号

剑桥历史分类读本

世界文学的历史

SHIJIE WENXUE DE LISHI

丁牧　主编

出　　版：中国商务出版社
地　　址：北京市东城区安定门外大街东后巷 28 号　　邮编：100710
责任部门：中国商务出版社　商务与文化事业部（010 － 64515151）
总 发 行：中国商务出版社　商务与文化事业部（010 － 64226011）
责任编辑：崔　笏
网　　址：http://www.cctpress.com
邮　　箱：shangwuyuwenhua@126.com
排　　版：映象视觉
印　　刷：北京市松源印刷有限公司
开　　本：700 毫米 ×1000 毫米　　　　1/16
印　　张：14.5　　　　　　　　　字　　数：202 千字
版　　次：2018 年 1 月第 1 版　　　印　　次：2022 年 1 月第 2 次印刷
书　　号：978-7-5103-2009-5
定　　价：42.00 元

编委会

序

　　我在大学任教多年，一个较明显的体会是，许多学生对人类文化发展的历史知之甚少。就是说，那些人类传承下来的宝贵历史财富，许多学生并没有很好地吸收接纳。古人曾指出"以史为镜，可以知兴替"，所以说，了解人类文化的历史，是很重要的。了解历史能使我们开阔视野，吸取经验教训，明白人类是如何走到今天，这对我们的成长大有裨益。

　　读历史很重要，如何选择历史读本也很重要。剑桥大学编纂出版的历史类图书，是世界公认的最权威、最全面的历史图书之一，剑桥大学不但出版按国别区分的历史类图书，而且还出版了按类别区分的历史类图书。阅读学习这样的史书，对读者的帮助很大。

　　现在摆在你面前的这套"剑桥历史分类读本"，就是参照了剑桥大学出版的大量分类历史图书的体例，又借鉴了我们国内相关历史类图书的写作方式，按照中国人的阅读习惯，精心筛选，重新编写而成的。另外，每册图书又配以近200张彩色图片，力求用图说的形式和通俗易懂的语言，来更为生动形象地讲述历史。

　　相信这套图文并茂的"剑桥历史分类读本"，无论对于在校的中学生、大学生，还是已步入社会的青年朋友，都是值得一读的，它既能让你获得美的享受，又能让你得到思想的启迪。因此，我特向你推荐这套开卷有益的图书。是为序。

丁　牧

中央电视台《百家讲坛》主讲人

北京电影学院文学系教授、博士生导师

前言

　　剑桥大学编纂出版的历史类图书,是世界公认的最权威、最全面的历史图书之一,剑桥大学不但出版按国别区分的历史类图书,而且还出版了按类别区分的历史类图书。

　　剑桥大学出版的历史图书有两个显著的特点:一是撰写历史时,大都是放在大的文化背景下阐述,有着文化的历史的标志;二是这些历史图书大多不是刻板生硬的教材,而是用通俗易懂的文字来描述历史。这是我们这套丛书参照编写的原因。

　　中国的大学生以及毕业后走上工作岗位的白领们,由于初高中时期繁重的作业及应试压力,他们对于人类的历史只是一知半解,对于那些人类传承下来的宝贵的历史财富,并没有很好地吸收接纳。古人曾指出"以史为镜,可以知兴替",所以说,了解人类的历史,是件很重要的事情,这将使我们在人生的道路上终身受益。

　　本套丛书参照剑桥大学编纂出版的按类别区分的历史类图书,同时也参照其按国别区分的历史类图书,在此基础上,又结合了我们国内历史类图书的内容,这样就形成了本套图书的体例。

　　虽然剑桥大学的历史图书比较通俗,但对于非历史专业的读者来说,读起来还是有些困难。所以,为达到通俗易懂的目的,本套丛书在形成的体例基础上,以大事件将历史串联起来,同时每册图书还配以近 200 张彩色图片。不仅如此,每册图书都是以历史真实事件为基础、用故事性的描述语言编写完成的。

　　希望经我们的努力,打造出的这套丛书,能得到读者朋友们的喜爱。

剑桥的世界文学史系列丛书是分国别的文学史，各国的分期各不相同，我们的分期是比较常规的，即分为：古希腊罗马文学；中世纪文学；文艺复兴文学；17世纪文学；18世纪文学；19世纪文学；20世纪文学。本书我们增加了21世纪文学和东方文学两部分。

《剑桥艺术史》指出，"公元前8世纪出现了《伊利亚特》和《奥德赛》，这两部荷马史诗把特洛伊战争编成了故事，从而对后来的一切文化发展都产生了巨大的影响，这两部史诗体现了一个新文明的诞生，也就是希腊文明"。

希腊文明也是西方文学的源头。到了中世纪，文学受到了摧残，只能体现在为教会服务的教会文学上，诗篇也只能是《圣经》的赞美诗集。

文艺复兴时期，社会发生了巨大的变革，优秀的文学作品层出不穷，但丁终结了中世纪的黑暗，拉开了文艺复兴的序幕；薄伽丘用文学揭露了虚伪教士们的丑恶嘴脸；拉伯雷以《巨人传》，举起了人文主义的大旗，等等。到了18世纪启蒙文学蓬勃发展，伏尔泰、歌德又把文学推到了一个前所未有的高峰。

19世纪的文学先是浪漫主义文学兴盛，作家包括海涅、雪莱、拜伦、雨果等；接着反映社会现实生活具有批判精神的文学作品横空出世，作家包括巴尔扎克、狄更斯、哈代、果戈理、契诃夫等，到了后期，欧洲文学呈现了多元发展的态势，作家包括左拉、莫泊桑、王尔德等；从20世纪至今，西方文学各种流派百花齐放，使人目不暇接，这是个多元发展的时代。

在东方文学方面，各个时期文学都有长足的发展，早期的印度史诗、希伯来文学、日本的源氏物语都光彩耀人，印度的泰戈尔、日本的川端康成，最先代表东方文学获得了诺贝尔文学奖。

目　录

第一章
古希腊罗马文学

海伦是斯巴达王墨·拉俄斯的妻子，却被特洛伊王子帕里斯诱拐而去，墨·拉俄斯于是召集他的同盟国，组织了一支强大的军队，在他的兄弟、迈锡尼的国王阿伽门农的统帅下渡过大海驶往特洛伊，经历了10年的战争最终攻破该城，夺回了海伦。这是个有名的故事，使诗人灵感丛生……

海伦和特洛伊战争的传说应该是有历史根据的，公元前1200年前有一批使用早期希腊语的人居住在希腊，他们创造了一种繁华的文明，我们称之为"迈锡尼文化"。

——《剑桥艺术史》

古希腊和罗马的神话

《剑桥艺术史》指出，西方文学的源头是古希腊文学，而古希腊文学，也像其他民族的文学一样，是直接起源于神话和传说的，而传说中的海伦和特洛伊战争应该是有历史根据的。

欧洲文学的先河古希腊和罗马神话

在上古时期，世界上各个民族都曾产生过神话传说故事，得以流传至今的、最为丰富多彩的，无疑非古希腊和罗马的神话莫属，它们是欧洲最古老的文学，它们的出现，开启了欧洲文学的先河。

但实际来看，古希腊神话故事的形成时期远远早于古罗马神话，只是到了罗马共和国末期，罗马的诗人才开始模仿希腊神话编写自己的神话。因此罗马神话相对于希腊神话，是既有传承又有区别的关系。

古希腊的神话中包括两个方面：神的故事和英雄传说。

神的故事

希腊神话中神的故事，主要讲述如创世故事、诸神产生、神的谱系、人类诞生、神与人的关系等，这些故事的内容以神的活动为主。在古希腊伟大诗人赫西俄德的诗中，说宇宙最初的形态是混沌一团。后来，从混沌中最先产生了地母该亚和天空之神乌拉诺斯；他们结合后生下了6男6女共12个提坦神。但乌拉诺斯对自己的孩子却充满了嫉恨，将他们从一出生就关在了地下。该亚帮助诸提坦中的克拉诺斯打败父亲，救出了另外的兄弟姐妹，并且自立为神王。随后，克拉诺斯娶了自己的妹妹瑞亚，但他也害怕将来儿子取代他的王位，便将孩子们一个个都吞进肚里。瑞亚偷偷藏起了最小的儿子宙斯，长大后的宙斯，有勇有谋，他施妙计，迫使克拉诺斯吐出了他吃掉的孩子们，历经长达10年的艰苦卓绝斗争，最终制服了克拉诺斯，世界

便控制在宙斯的手里了。这类神话既带有原始社会血亲杂交的痕迹，也反映了母系社会的特征，显然产生于人类蒙昧时代的早期。

到了父系社会，便产生了"奥林匹斯神话系统"。它是以宙斯为主神，其他是与宙斯有亲属关系的12位神祇。主要有宙斯的妻子赫拉，宙斯的哥哥冥王哈得斯、海神波塞冬，还有宙斯的儿子太阳神阿波罗、战神阿瑞斯、工艺煅冶之神赫菲斯托斯、智慧女神雅典娜、爱神阿佛洛狄忒等。这些神住在位于希腊北部的奥林匹斯山上，他们一起被称为"奥林匹斯山神"。

油画中的宙斯

英雄传说

古希腊和罗马的英雄传说，歌颂的是半人半神的英雄人物，这源于远古先民的祖先崇拜观念。英雄传说是对氏族首领和祖先的赞颂，因此带有一定的历史真实性，但同时更多地加入了后人的想象。英雄传说的主角是人类祖先与神结合而诞生的，他们全都具有超人的力量和非凡的智慧，长大后为民除害，建立了丰功伟绩，得到一代代后人的景仰和崇拜。

古希腊的英雄传说，最著名的有大力士赫拉克勒斯建立12功勋的故事、伊阿宋率众英雄夺得金羊毛的故事以及忒修斯、俄狄浦斯的故事，等等。这些英雄们被古希腊人想象成了具有神和人同形同性的特点：神有和人一样的模样，也有人的七情六欲，并且还涉足于人的纷争之中，甚至神还可以和人谈情说爱、繁衍后代。

《荷马史诗》诞生

古希腊最早的文学作品是两部史诗：《伊利亚特》和《奥德赛》。相传这两部史诗为盲诗人荷马所作，因此被称作"荷马史诗"。其实，这两部史诗原是流传于民间的口头文学。

盲诗人荷马

荷马约生活于公元前 10～公元前 9、8 世纪之间的希腊，是一位盲诗人。相传他根据民间流传的短歌综合，编写而成了记述公元前 12～公元前 11 世纪特洛伊战争的史诗《伊利亚特》以及关于海上冒险故事的古希腊长篇叙事代表作《奥德赛》。

其实，《荷马史诗》并非一时一人之作，而是保留在全体希腊人记忆中的历史，这些故事由民间歌手口耳相传，历经几个世纪的不断增益、修改，最后由荷马删定为两大部分，成为定型作品。

油画中的荷马

《伊利亚特》

《伊利亚特》是人类童年时代描写战争的巨著，主题是赞美古代英雄的刚强威武、机智勇敢，讴歌他们在战斗中所建立的丰功伟绩和英雄主义、集体主义精神。故事从希腊联军围攻特洛伊城开始，后来，联军主将阿喀琉斯爱上了一个女俘，但另一统帅阿伽门农却夺走了她，阿喀琉斯愤而退出，特洛伊人乘机反攻，大破联军。阿喀琉斯的好友帕特洛克罗斯换上他的盔甲上阵，被特洛伊老王的儿子赫克托耳杀死。悔恨交加的阿喀琉斯重回战场，杀死赫克托耳，特洛伊老王以重金赎还儿子尸体，为他举行隆重的葬礼。

油画《阿喀琉斯之死》

《伊利亚特》塑造了一系列古代英雄形象。他们身上既有部落集体所要求的所有优良品德，又有着鲜明的特性品格。阿喀琉斯英勇无敌，令敌人闻风丧胆；他珍爱友谊，为给好友复仇而奔向战场；他同情老人，允许特洛伊老王取回儿子的尸体。但在另一方面，他为了一个女俘而和统帅闹翻，造成联军的惨败，表现了他的傲慢和暴躁；他为了泄愤，将赫克托耳的尸体拴上战车绕城三圈，则表现出他的凶狠。相比之下，特洛伊统帅赫克托耳的英雄形象则显得更加完美，他成熟持重，自觉担负起保卫部落家园的重任；他不畏强敌，在敌我力量悬殊的危急关头，仍出城迎敌，身先士卒；他敬重父母，深爱妻儿，决战前与亲人告别的场面，充满了浓郁的亲情味和悲壮色彩，非常感人。

《奥德赛》

《奥德赛》是一部漂流史诗，它以个人命运为主线，描述了人类征服自然的艰难历程，情节一波三折，风格浪漫旖旎，满含着徐缓肃穆的阴柔之美。

《奥德赛》讲述的是，主人公奥德修斯在大战之后返回家园，途中在海上遇险漂流了长达42天的故事。通过对奥德修斯与种种艰险的顽强斗争，表现了古代英雄在征服自然过程中的机智勇敢，讴歌了英雄战胜困难的坚

强意志。

围绕返家这一主题,展开了两条并行的线索:以奥德修斯返乡为主线;以其妻在家乡被求婚者所纠缠、其子外出寻父为副线。这两条线索交错呼应,构成了全诗的网状结构。

全诗集中塑造了奥德修斯聪明、勇敢、果断、坚毅的形象。他是伊萨卡岛之王,在特洛伊战争中,凭他的计谋屡建奇功,最后使用木马计,成功攻破了特洛伊人的城池;在返家途中,他战胜了惊涛骇浪和妖魔鬼怪,并克服了富贵和美色的诱惑,最终回到了家乡。但是又面临着恢复王位和向求婚者复仇的斗争。奥德修斯的机智和果断,在这场斗争中发挥到了极致,他装扮成流浪汉试探妻子是否忠诚,打探求婚者们的情况,最后他如天而降,在宴会上杀死了毫无准备、妄自得意的求婚者,夺回了王位和财产,与妻儿团聚。

《奥德赛》在人物塑造上形象鲜明、个性突出。在赞美奥德修斯的机智勇敢、坚毅果断、热爱乡土的本性的同时,又写出他性格中狡猾多疑、自私偏狭的一面,使人物形象丰满多样。

《奥德赛》的艺术成就,还在于首次采用了倒叙的手法,布局巧妙,节奏明快,语言简练,情节生动,充满浪漫主义幻想色彩。它的出现,开创了西方最早描写个人经历作品的旅程文学之先河。

《荷马史诗》是欧洲文学史上最重要的作品之一,也是欧洲英雄史诗的典范,不愧是欧洲最早的文学遗产。

古希腊三大悲剧家

在古希腊，除了伟大的史诗，古希腊文学的另一伟大成就是出现在公元前五世纪雅典时期的戏剧。当时的希腊人把戏剧分为两种，即悲剧和喜剧，悲剧最著名的有三大悲剧家。

"悲剧之父"埃斯库罗斯

埃斯库罗斯是希腊悲剧作家的代表人物，被尊为"悲剧之父"。他生活于公元前 525 年到公元前 456 年，据说一生写过大约 70 部悲剧，并且在酒神祭戏剧演出中先后得过 17 次戏剧奖，但能完整流传下来的，只有 7 部剧本，其中最著名的是《被缚的普罗米修斯》。

油画《被缚的普罗米修斯》

《被缚的普罗米修斯》取材于古希腊神话。宙斯认为人类太愚蠢，要把人类毁灭另造新人，普罗米修斯于是盗取火种给人间，这大大激怒了宙斯，他将普罗米修斯用铁链锁在高加索山上，每天让一只老鹰啄食他的心肝，使他遭受折磨和痛苦。普罗米修斯知道宙斯若和一个女神结婚，将生下一个比他强大的儿子把他推翻，但他宁愿最后被雷电打入地狱也坚决不道破这个秘密。

诗人赋予这个古老的神话以崭新的意义，对人类战胜重重困难求得生存给予了充分肯定，塑造出一个热爱人类、反抗专制、不怕牺牲的英雄形象，是古代文学为人类创造的最崇高、最伟大的艺术形象，至今为人类颂扬。

"戏剧中的荷马"索福克勒斯

索福克勒斯生活于雅典奴隶主民主国家全盛时期,在音乐、诗歌上都有造诣。他的悲剧人物丰富多彩,结构形式也臻于完美,因此又有"戏剧中的荷马"之称。一生写过100多个剧本,现仅存7种。代表作是《俄狄浦斯王》。该剧也是取材于神话传说:太阳神阿波罗曾谕示忒拜王拉伊俄斯,他的儿子将来会杀父娶母。于是俄狄浦斯一出生便被抛弃荒山,但却被科林索斯国王的仆人救下,在王宫养大成人。他长大后得知了太阳神的谕示,为了逃避这个大罪远走他乡,但在途中与不认识的生父因争吵而杀死了父亲。在忒拜城郊他除掉狮身人面兽被拥立为王,便娶了王后为妻,却不知那正是自己的生母。最后真相大白,俄狄浦斯便以戳瞎双目和自行流放来惩罚自己。

这部悲剧,表现了人和命运的冲突,并因为主题与艺术的出色,被誉为"十全十美的悲剧"。

"舞台上的哲学家"欧里庇得斯

欧里庇得斯生活于雅典奴隶主民主国家末期,出身贵族,早年醉心于哲学。他大多借神话传说题材来反映雅典从繁荣走向衰落的社会问题,充满了反对暴政的革命思想;一生写过75个剧本,流传下来的有18部,代表作是《美狄亚》。该剧取材于希腊神话中关于英雄伊阿宋冒险盗取金羊毛的传说。但是,原本深受赞扬的英雄伊阿宋却被他写成了一个贪图富贵、抛弃妻子的卑鄙小人。作者对于弃妇美狄亚深表同情,她被丈夫抛弃、遭国王驱逐,但仍运用智慧同命运作斗争,并用魔法帮助父亲重新登上了王位。

欧里庇得斯的悲剧语言明晰流畅,说理性强,善于在剧中议论各种社会问题,,被誉为"舞台上的哲学家"。

古希腊悲剧是古代希腊人留给后世的主要精神遗产之一,历来受到人们的重视,被视为世界古典名作。

"古希腊喜剧之父"阿里斯托芬

古希腊的喜剧，大多取材于现实生活中的真实事件，比悲剧现实感要强很多，往往针砭时弊，甚至直接批评当权者。喜剧情节荒诞离奇，风格幽默滑稽，表演形式轻松，但主题却是严肃的。

古希腊喜剧之父

喜剧本意为"狂欢之歌"，也是起源于古希腊的祭祀酒神仪式，农民在丰收季节化装成鸟兽，狂欢游行庆贺，除歌颂酒神外，还即兴表演根据时事或笑闻编成的歌舞，甚至互相嘲弄、戏谑，从而增加了欢乐喧闹的气氛。

古希腊时期的喜剧作家，较著名的是公元前5世纪雅典的三大喜剧诗人，分别是克拉提诺斯、欧波利斯和阿里斯托芬。但是，能流传下来的剧本却少之又少，而且只有阿里斯托芬有一些完整的作品传世。

阿里斯托芬是古希腊和欧洲政治讽刺喜剧的创始人，有"喜剧之父"之称。他生于阿提卡的库达特奈昂，在雅典度过了一生中的大部分时间。据说他与哲学家苏格拉底、柏拉图曾有交往；具有爱国精神，积极拥护民主制度。在文艺方面，他也有自己的观点，认为喜剧的创作也要达到严肃的政治目的，要以坚持正义、教育人民为己任。相传阿里斯托芬写有44部喜剧，流传下来的有《阿卡奈人》《骑士》《和平》《鸟》《蛙》等11部。

文学特色

阿里斯托芬在创作喜剧时，仿佛站在思想的顶峰，去俯视脚下的现实，把生活中丑陋的本质挖掘出来，尽情地加以嘲笑。在艺术上，他善于以丰富的想象制造荒诞的情节，用夸张的手法塑造出漫画式的人物形象，从而对当权者和各种社会丑恶现象加以揭露和讽刺。

阿里斯托芬的代表作是《阿卡奈人》，全剧以发生于雅典和斯巴达为

阿里斯托芬雕塑

首的两大集团间的伯罗奔尼撒战争为背景,通过雅典一个叫狄开俄波利斯的农民私下与斯巴达人议和,以及他与主战派将领拉马科斯的冲突,揭示内战给广大人民造成的灾难,表达了反对内战、渴望和平的普世心愿。

《阿卡奈人》以夸张手法,营造出一种极不严肃的讪笑打诨的表面,反映出生活像闹剧一样,用轻松幽默的语气讲出农民的和平愿望。并且在剧中指出,战争的利益只属于政客和军官,人民却会变得更加穷困;战争双方没有正确的一方,主张所有城邦团结起来,友好相处,共同抗击波斯的侵略。

阿里斯托芬的喜剧风格多样,人物形象鲜明,如狄开俄波利斯是个典型的农民,他头脑清楚,机智勇敢。拉马科斯是一介武夫,头脑糊涂,虚荣心强,外强中干。阿里斯托芬善于运用民间的朴素生动的语言,配合着城市里的文雅语,台词灵活生动,并且善于使用谐音字戏拟悲剧中的诗句,产生喜剧效果。在这些滑稽和丑陋的事件中,寄寓着非常严肃的思想。

阿里斯托芬在喜剧创作方面取得了辉煌的成就,丰富了西方古代文学,对后世产生了巨大的影响。

亚里士多德的《诗学》

《诗学》是西方第一部最为系统的美学和文艺理论著作，它对西方后世文艺理论和文学创作产生过巨大影响，在今天也被文艺批评者引用，因此，亚里士多德被奉为诗论的鼻祖。

集古希腊艺术之大成的亚里士多德

亚里士多德，公元前 384 年出生于希腊的殖民地色雷斯。他的父亲是马其顿国王腓力二世的宫廷御医。17 岁时，他赴雅典就读于柏拉图学园，他表现得很出色，被柏拉图称为"学园之灵"。公元前 347 年，柏拉图去世，亚里士多德离开雅典开始游历各地。公元前 343 年，被腓力浦二世召唤回故乡，担任 13 岁的亚历山大大帝的老师。公元前 335 年亚里士多德又回到雅典，并在那里建立了自己的学校，他一边讲课，一边撰写了多部哲学著作。由于亚里士多德讲课时是一边讲课一边漫步于走廊和花园，因此被称为"逍遥的哲学"或者是"漫步的哲学"。

亚历山大去世后，雅典人开始奋起反对马其顿的统治，亚里士多德因被指控不敬神而逃到加而西斯避难。后重返雅典，在那里一住 20 年。

公元前 322 年，亚里士多德因身染重病离开人世，终年 63 岁。

《诗学》的产生

亚里士多德是世界古代史上伟大的哲学家、科学家和教育家，堪称希腊哲学的集大成者。而在文学上，他首次在西方文化史上构建了系统的美学理论，从哲学高度提炼魅力永恒的希腊艺术精神，铸成了西方美学的开山杰作，即他的诗学。

在亚里士多德之前，古希腊的毕泰戈拉、赫拉克利特、德谟克利特、苏格拉底等哲人都曾零散地论断美学思想，但他们却只依从自己的自然哲学

油画中的亚里士多德（右）

或道德原则；在亚里士多德与老师柏拉图的对话篇中，却对美的本质、审美主体"厄罗斯"、诗人的灵感以及文艺的社会功用进行了深入探讨，这些都是附属他的政治哲学的"理念"论原则的推演，尚未构成一种总结艺术创作经验、自成严谨体系的美学理论。

亚里士多德却与那些先哲们迥然不同，他将艺术作为创制知识表现现实的存在，符合他"存在的存在"的哲学思想，而其中美学是这一体系的有机组成部分。

《诗学》原名为《论诗》，现存 26 章，主要讨论悲剧和史诗，而失传的第二卷，则或许是讨论喜剧的。在《诗学》中，亚里士多德从现实主义出发，探索希腊艺术的演变过程，剖析历代艺术杰作，总结艺术发展规律和创作原则，从中提炼美学范畴，高度肯定了艺术的社会功用，映射着深刻的艺术哲学光芒。

《诗学》虽然篇幅不长，但气度不小，它立论精辟，内容深刻，探讨了人的天性与艺术模仿的关系、悲剧和史诗的异同、悲剧情节的组合以及其艺术成分和功用等一系列值得重视的理论问题，是一篇有分量、有深度的大家之作。比如情节是对行动的模仿、诗评不应套用评论政治的标准，等等。这些当时具有创新意义的观点集中地反映了一种新的、比较成熟的诗学思想的精华，强调了诗的"自我完善"，显得尤为可贵。

第二章
中世纪文学

但丁写道："在朗格多克，日常用语的使用者就是最早的诗歌作者"。的确，从1100年后期直到1300年，法国南方流传着一种方言抒情诗，将诗歌和音乐结合起来的"行吟诗人"，来自于社会各个阶层……

在吟唱的诗歌中，常常有两情相悦的内容，这一派诗歌的活动，生动活泼并具有明显的戏剧性，说明了法国南方朗格多克的活力。

将妇女置于受尊敬的地位，与中世纪对圣母玛利亚的崇拜联系起来，这与我们对中世纪社会的大多数妇女形象知之不多相符。典雅爱情的发展，使我们对妇女的了解比对男人要少。

——《剑桥法国史》

献给神的教会文学

中世纪的教会文学，是直接为基督教神学服务的文学。其基本内容是讴歌上帝的英明伟大，赞美圣徒的高尚德行。其中，基督故事和神秘剧一般以《圣经》为题材。

欧洲中世纪文学

公元 476 年，日耳曼人灭亡罗马帝国，从此直到 14 世纪的文艺复兴时期，被称为欧洲的中世纪。这一千多年的封建社会，基督教是社会的重要精神支柱，教会垄断了中世纪的文化教育，它用圣经解释一切，抵制古代的文化、哲学、政治和法律，一切的科学教育、文化、艺术，都变成了阐发和维护宗教教义的工具。

上帝的赞歌：教会文学

在中世纪，基督教思想渗透到了社会生活的各个层面，教会垄断了文化教育，宗教教义就是政治信条，影响了不同阶层人们的思想意识，赋予了欧洲统一的思想背景。中世纪时的欧洲文学，按其性质分类，主要包括教会文学、英雄史诗、骑士文学和城市市民文学。

其中教会文学是直接为基督教神学服务的文学。它扎根于基督教的《圣经》，是诸多神学家反复编纂和修订而成，分《旧约》和《新约》。它以神的存在来解释宇宙、世界和人，主题是描写耶稣的出生、传教、受难、升天和复活等事迹，宣扬上帝万能，赞美圣徒的高尚德行。

同时，以《圣经》为题材，教会文学还产生了一系列基督故事和奇迹剧。圣经故事主要是在《圣经》和使徒行传的基础上加以扩充的，讴歌上帝的英明伟大，宣示反叛上帝必受惩罚。而圣徒传和神秘剧，则歌颂笃信基督、清心寡欲、一生赎罪而创造奇迹的圣徒高僧，美化殉教、献身、追求死后幸福的来世思想。其他如道德剧、赞美诗等也都具有浓厚的宗教气息。

在另一方面,一些基督教神学家的著述,使宗教文学的内涵变得极为丰富。圣奥古斯丁这位基督教先哲的著述,曾在中世纪广泛流传,最重要的是具有自传性质的《忏悔录》与宗教著作《上帝之城》,尽管其中大量充斥着对上帝的虔敬溢美之词,但却开创了西方文学的先河。另

教会文学一般取材于《圣经》,图为油画中的伊甸园

一位著名神学家圣托马斯·阿奎那两部著作《神学大全》和《反异教大全》虽然也属于神学范畴内的,却有很多哲学和文学理论,见解深刻。尤其还有西班牙神学家贡萨洛·德·贝尔塞奥,一生写出大量圣母赞歌,被誉为“学士诗鼻祖”,代表作品《圣母显圣记》文风简练,对西方文学的作用巨大。

在艺术上,教会文学大多采用神秘、梦幻和象征、寓意手法,渲染浪漫奇迹色彩。

充满浪漫爱情与冒险精神的骑士文学

中世纪的骑士文学一般采用传奇的体裁，用非现实的叙事诗和幻想小说，以忠君、护教、行侠为内容，以英雄与美人、冒险与恋爱为题材，采用即兴浪漫的创作方法编撰而成。

骑士制度催生了骑士文学的产生

在中世纪的欧洲封建文学中，骑士文学是一个典型代表之作。在当时的欧洲，各个封建领主之间常有武力冲突，于是他们各自蓄养了许多骑士用以自卫，最早的骑士来自中小地主和富裕农民，他们替大封建主打仗，从而获得土地和其他报酬。

骑士精神是一种道德和人格精神，它源自于上层贵族社会，以个人身份的优越感为基础，但它也积淀着西欧民族远古尚武精神的某些积极因素，对现代欧洲民族性格的塑造起着极其重要的作用。如对个人的人格的爱护和尊重；为被压迫害者和被迫害者牺牲全部力量乃至生命的慷慨勇敢精神；把女子作为尘世上爱和美的代表，视为和谐、和平与安慰的光辉之神，加以理想化的崇拜，等等。

浪漫爱情与冒险精神的结合

骑士文学大致分为 3 种：骑士抒情诗、骑士传奇、骑士小说。以忠君、护教、行侠为内容，以英雄与美人的浪漫爱情和冒险为主要题材。爱情在骑士们生活中占主要地位，他们常常为了爱情而去冒险。在他们看来，能获得美人的欢心，或在历险中取得胜利，便是骑士的最高荣誉。

11 世纪 90 年代，西欧的骑士们从东方回来时，也带回了先进的东方文化，其中一些人成为了诗人和歌手，他们用诗和歌曲来歌颂爱情和骑士的冒险，这就是骑士抒情诗。其中以"破晓歌"最为著名，音调和谐，语言简练，有民歌风味。

　　骑士传奇有的取自民间传说，有的模仿古希腊、罗马的作品，但却不是英雄史诗，而是诗人以想象力创作出来的，内容往往以一两个骑士为中心人物，表现他们在爱情、冒险经历中展现出的游侠的精神。代表作有《亚历山大传奇》《特洛伊传奇》等，在人物外形、生活细节、内心活动等方面都有细致的描写，对话生动活泼。

　　骑士小说产生得最晚，其主题仍以反映封建骑士阶层为捍卫爱情、荣誉或宗教而显示出的冒险的游侠精神为主，代表作有《阿马迪斯·德·高拉》《埃斯普兰迪安的英雄业绩》《希腊的堂利苏阿尔特》《骑士西法尔》等，初步具备了近代长篇小说的规模。

中世纪作家笔下的
传奇英雄

雄浑悲壮的英雄史诗

中世纪的英雄史诗原先在民间口头流传，后来由教会神职人员按照需要用文字写定。早期英雄史诗大多反映氏族社会末期的生活，歌颂部落英雄为民除害和为民造福的事迹。

让人间英雄成为上帝

中世纪的欧洲，一种文学体裁达到了极度繁荣的阶段，那就是英雄史诗，当时许多国家、民族最早的史诗都在这一时期出现。它们原先在民间口头流传，后来由教会神职人员用文字写定。

这一时期的英雄史诗大致可分为两类：

一类反映尚未被封建化、未受基督教影响的蛮族各部落处于氏族社会末期的生活，歌颂部落英雄为民除害、为民造福的事迹。代表作包括日耳曼人的《希尔德布兰特之歌》、盎格鲁—撒克逊人的《贝奥武甫》等。这类史诗都以神话传说或历史人物事件为依据，神干涉人的命运，人对诸神逐渐失去敬仰。约在公元六七世纪，北欧出现了神话和英雄史诗，其中最为著名的是冰岛的《埃达》与《萨迦》，自成体系，和希腊神话一样富有魅力。

另一类史诗产生于中世纪中期，虽然也以歌颂英雄为主，但原始神祇逐渐消失，表现的是欧洲各民族高度封建化以后的君臣、主仆关系和骑士风采，主人公都是体现忠君、爱国、护教思想的英雄形象，代表作包括《罗兰之歌》《熙德之歌》《尼伯龙根之歌》等。

西欧封建社会理想英雄形象的象征《罗兰之歌》

《罗兰之歌》是中世纪欧洲最著名的英雄史诗，它有一定的历史根据，叙写法兰西国王查理大帝反抗阿拉伯民族的侵略，经过 7 年征战几乎征服了西班牙的全境。所剩顽敌马西里遣使求和。在罗兰的建议下，查理大帝

壁画反映《罗兰之
歌》中的情景

派甘尼仑为谈判使者,但他却贪生怕死,暗中与敌人勾结。查理大帝对甘尼
仑的叛国一无所知,他率领大军回国时,由罗兰带兵断后掩护,遭到马西里
10万大军袭击,罗兰浴血奋战,最后壮烈牺牲。查理打败敌军,处死了甘
尼仑。

　　《罗兰之歌》高度赞扬了罗兰的英雄气概,赞美他对国家、对君王的忠
贞,对基督教信仰的虔诚,同时讴歌了查理大帝的卓越功勋。

　　《罗兰之歌》着重刻画了罗兰忠心耿耿的英雄形象,他在遭到敌军包
围、众寡悬殊的危急关头,仍然驰骋沙场,英勇杀敌;重伤倒地时,仍把宝
剑和号角放在背后,面向西班牙,表示对祖国的无限忠诚,最终为了祖国而
牺牲。

　　《罗兰之歌》是欧洲中世纪英雄史诗中成就最高、影响最大的一部作
品,它已经成为了西欧封建社会理想英雄形象的象征。

城市文学是文艺复兴的前奏

在中世纪，尽管欧洲文学大多打上神学烙印，但城市文学确是人类文学史上一个极其重要的文化现象，它上承艺术文化辉煌的古希腊罗马，下启人文精神夺目的文艺复兴。

弱者面对强者的机智：城市文学

西欧各国从 10 世纪开始，由于手工业和商业的发展，城市产生，并形成了从事工商业的市民阶层。随着欧洲城市的兴起，12 世纪时，产生了一种反映新兴市民阶级思想和生活状态的文学，被称为"城市文学"。

城市文学均取材于现实生活，对封建贵族和宗教僧侣的专横、贪婪、愚蠢和伪善进行无情的揭露讽刺；作品常常以市民机智地战胜残暴愚蠢的封建主，对自己的胜利抱乐观态度，表现出聪明才智和进取精神，是作为弱者的市民面对作为强者的封建主和僧侣进行斗争的体现，具有鲜明的反封建、反教会倾向。

文艺复兴文学的前驱

中世纪欧洲的城市文学，适应了市民对文化娱乐的要求，多数是民间创作，有强烈的现实性和乐观精神，歌颂市民或农民个人机智和聪敏，从而具有较多的现实主义因素；同时，城市文学具有反专制、反教会的倾向的特点，因此可以说，它是文艺复兴时期文学的前驱。

城市文学的主要体裁有韵文故事、讽刺故事、抒情诗和市民戏剧等，创作手法主要是讽刺，其艺术风格生动活泼，语言朴素生动，生活气息浓郁。

法国是城市发展最早的西欧国家之一，城市文学特别流行。当时占重要部分的是故事性和讽刺性都很强的韵文故事。其中最著名的如《列那狐传奇》和《玫瑰传奇》，可以算作城市文学的突出代表。讽刺故事诗《列那狐传奇》以动物列那狐和伊桑格兰狼之间的斗争作为主要情节线索，以动物世界隐喻人类社会，列那狐是市民的化身，机警绝伦，诡计多端，凭着智力和谎言捉弄国王和贵族，同时又欺凌和残害象征贫苦下层人民的麻雀、乌鸦等小

《列那狐传奇》插图

动物，既充满对愚昧无知的封建君主、横暴的贵族以及教会僧侣的讽刺，也体现了市民阶级的双重性。

　　法国的抒情诗也有很高的成就。中世纪第一个优秀的市民抒情诗人是吕特勃夫，他出身社会下层，多用诗歌描写自己的贫苦生活，讽刺僧侣和贵族。弗朗索瓦·维庸则是这一时期成就最高的抒情诗人，他的作品超越自我和现实，以带着嘲弄的冷眼审视社会，亦庄亦谐，传世之作有《歌集》和《遗言集》。

　　中世纪的市民戏剧也繁荣一时，主要包括独白剧、道德剧、傻子剧和笑剧4种体裁类型，它们一般都以讽刺的笔法来表现市民阶层的精神面貌，在表现手法和内容题材上具有很大的相似性。著名的剧作包括法国比埃尔·格兰高尔的《傻王的把戏》和《巴特兰律师的笑剧》等。

但丁和他的《神曲》

任何一个伟大时代的来临，都需要出现伟大的号手，吹出第一声振聋发聩的号音。1265年，历史的重任落在了意大利佛罗伦萨一个小贵族家庭的新生儿身上，他就是但丁。

天才之子：但丁

但丁·阿利盖里1265年出生于意大利佛罗伦萨一个没落贵族的家庭，早年曾师从著名学者布鲁内托·拉蒂尼学习拉丁文、修辞学、诗学和古典文学，并表现出在绘画、音乐、神学、哲学方面的兴趣和天赋。

但丁少年时，在一次宴会上见到一位容貌清秀、美丽动人的姑娘贝阿特丽齐，他一见钟情。随着年龄的增长，他把贝阿特丽齐当作自己的精神恋爱对象，并写下了一系列抒情诗篇。但贝阿特丽齐却遵从父命嫁予他人数年后竟因病夭亡，但丁悲痛不已，将多年来写给贝阿特丽齐的31首抒情诗用散文相连缀，取名《新生》。

青年时期，但丁加入归尔弗党，反对封建贵族。1302年，由于但丁反对教皇干涉城邦内政，维护意大利的统一，被判处终身流放。

在近20年的流放生活中，但丁辗转于意大利、法国和英国，但始终坚持自己的政治理想，在流亡生活最痛苦的时候，开始创作《神曲》这部长期酝酿和构思的长篇诗作，历时14年完成。

1321年，但丁客死于拉文那。

中世纪封建文学的终结：《神曲》

但丁的代表诗作长篇巨著《神曲》是当时意大利文坛上"温柔的新体"诗派的重要作品之一，也是西欧第一部剖露心迹的自传性诗作。整部诗由《地狱》34曲、《炼狱》33曲和《天堂》33曲构成，有14000多行，被称为

"中世纪史诗"，集中反映了新旧交替时代的社会矛盾，以及由此带来的但丁世界观中基督教神学思想和人文思想的矛盾。

《神曲》描述的是诗人但丁

但丁偶遇贝阿特丽齐

幻游地狱、炼狱和天堂三界的传奇经历。"地狱"从但丁梦中所见开篇，这个故事发生在1300年复活节前夕：诗人进入一片黑暗森林，走着走着迷路了，突然，象征淫欲的母豹、象征强暴的雄狮和象征贪婪的母狼堵住了唯一的出口。诗人手足无措，不知如何是好，就在这时，古罗马诗人维吉尔来到了他跟前，说他是来协助自己逃出去的，是受贝阿特丽齐的请求来搭救他的，并且告诉他贝阿特丽齐已经成为天使了。但丁很高兴，随着维吉尔进入阴森恐怖的九层地狱，看到了历史上出现过的许多恶人，还有一些品德不端的圣哲。他们接受了冥王的审判之后，依照其罪行的大小被囚禁在不同的地狱层里受苦。而在第九层的冰湖里受酷刑的，是但丁最为切齿痛恨的卖国者。

过了地狱，穿过地球中心，就进入"炼狱"。炼狱是一座大海中的孤山，分为七层，分别住着犯过骄、妒、怒、惰、贪、食、色基督教"七罪"中罪过较轻者的灵魂。这里是有罪的灵魂洗涤罪孽之地，待罪恶炼净后，仍有望进入天堂。但丁一层层游历炼狱各层，经过最后一层时，维吉尔隐退，贝阿特丽齐出现，在她的引领下，但丁穿过忘却往昔痛苦的"忘川"，进入天堂。

庄严的"天堂"是幸福的灵魂的归宿，这里气象宏伟，绚丽多彩，这九重世界里充满了仁爱和欢乐；基督和众天使与正直的君主、积德行善的人、虔诚的教士、功勋卓著者、哲学家和神学家被依照功绩德性安排在各层。九重天之上就是天府了，但丁有幸在那里见了上帝一面，不过很快就消失了，在这无比欢乐的气氛中，幻象和全诗戛然而止。

《但丁的小舟》

　　《神曲》几乎每个段落都有寓意，揭示人要经过迷惘苦难才能到达真理和至善的境界的主题。在诗中，但丁通过叙述故事，或他与各种著名人物的对话，阐述和总结了中世纪政治、哲学、科学、神学、诗歌、绘画、文化各个方面，提出要求人权和宗教改革，创造出以现实生活为基础的文艺作品，有史以来第一次表达了带有新时代特征的思想和世界观。

第三章
文艺复兴文学

拉伯雷将自己的教会生涯，化作成关于《巨人传》中高康大和庞大格吕埃的极其丰富和多种多样的作品，自16世纪30年代开始发表。在他的作品中，放肆嘲笑和黑色幽默的特点，总是发生在他熟悉的医学院的学生身上。

他的作品中充满着大量创造性的滑稽语言，又加上了无尽的如同脱口而出的巧妙双关语和文字游戏。他的黑色幽默对当时发生的荒唐事，做了无穷无尽的讽刺和评论。

——《剑桥法国史》

薄伽丘创作《十日谈》

中世纪的欧洲，神权统治长达一千多年，神职人员在各种光环保护下，干尽了别人没有法子干的坏事，伪善、堕落、贪婪、纵欲。薄伽丘用笔做武器，揭露了他们的丑恶嘴脸。

站在但丁肩膀上的薄伽丘

乔万尼·薄伽丘，1313年生于意大利佛罗伦萨，是商人父亲和法国母亲的私生子。从童年时，他就表现出桀骜不驯的性格，成年后拒绝父亲要他涉足商界的希望，却钟情于古典文化，热爱文学创作。薄伽丘在学习中也与众不同，他抛开了传统的师徒教学模式，而是按自己的兴趣和需要大量阅读、自学成才，终于成为意大利第一位通晓希腊文、拉丁文和当时流行俗语的学者。

凭着过人的才华和大量作品，薄伽丘声望日增。1373年，他受聘主持在圣斯德望修道院面向公众的但丁讲座，引为一时荣耀。薄伽丘最初曾立志做个优秀的诗人，也创作过不少爱情题材的诗歌，但后来发现自己在这方面永远不会超过挚友、诗人彼特拉克，于是专心致力于散文体小说的创作。在讲故事方面薄伽丘充分发挥了自己的特长，青年时期写成的书函体小说《菲亚美达》，甚得时人好评。尤其他在文艺复兴早期创作的名著、短篇小说集《十日谈》，为他赢得了"欧洲短篇小说之父"的不朽声名。

晚年，薄伽丘致力于对但丁《神曲》的研究，并撰写《但丁传》。1375年底，薄伽丘在契塔尔多逝世。

"人曲"《十日谈》

薄伽丘是位才华横溢、勤勉多产的作家。他以短篇小说、传奇小说蜚声文坛。他的代表作《十日谈》是当时意大利最著名的短篇小说集，因被誉为

再现薄伽丘《十日谈》描述的情景

《神曲》的姊妹篇而被称为"人曲"。

　　《十日谈》以 1348 年意大利佛罗伦萨的一场可怕瘟疫为背景，当时每天都有大批的尸体运到城外，昔日美丽繁华的佛罗伦萨城变得惨不忍睹。薄伽丘在心中受到了强烈的震撼，于是记下了人类的这场灾难，并理想化地为避难到郊外的 10 位贵族青年设置了一处世外桃源，他们每人每天讲一个故事，一共讲了 10 天，恰好有了 100 个故事。小说的主旨在于揭露宗教禁欲主义的罪恶，歌颂真正的爱情。

　　《十日谈》为读者描绘出一幅意大利文艺复兴时期城镇社会的市民生活图。故事中的人物形象也十分鲜明、生动，几乎包括了当时社会的各行各业人士。其中的女性大胆突破禁欲主义的束缚，敢爱敢恨的形象给读者留下了深刻的印象，充分表现出作者要首先把受压迫最深的女性的天性解放出来的初衷。

　　《十日谈》以散文体的意大利通俗语写成，富有个性化和喜剧性，笔法简繁有度，这不仅为意大利散文创作奠定了基础，也对欧洲短篇小说的发展作出了开拓性的贡献。

　　100 个故事长短不一，在以"日"为单位的框形结构下，多采用"平铺直叙"的方法，在情节发展中启承转合。因此，正是薄伽丘创立了欧洲文学史上短篇小说这种新的艺术形式，被许多后来者所模仿，影响了欧洲短篇小说集的构成形态。

欧洲第一部长篇小说《巨人传》诞生

　　欧洲文艺复兴是一个需要巨人而且产生巨人的时代。拉伯雷就是文艺复兴高潮时期产生的一位法兰西文学巨人，他的长篇小说《巨人传》是一部"充满巨人精神的奇书"。

"伟大的笑匠"拉伯雷

　　弗朗索瓦·拉伯雷，1494年出生在法国中部都兰省希农城一个法官家庭。他的父亲有自己的庄园，拉伯雷的童年就在庄园里自由自在地度过。十几岁后，他开始接受宗教教育，并曾当过一段时间的修士。拉伯雷非常反感这种刻板乏味、深受戒律束缚的生活，开始学习希腊文了解古代希腊和罗马的文化。1523年和1527年，他两次游历全国，为他日后的创作奠定了生活基础，同时也使他看清了法国所处的愚昧状态。

　　1530年，拉伯雷到蒙佩里埃大学学医，毕业后行医，广泛接触社会各阶层。后来，还跟随大主教出使罗马，游览文艺复兴运动的发祥地，访问了许多名人和古迹，学习了宗教、哲学、音韵、考古、医学、天文等许多知识，终于成了一个博学的人。

　　在此前后，拉伯雷开始创作他最为后人称道的长篇巨作《巨人传》。前两部出版后大受城市资产阶级和社会下层人民的热烈欢迎，但却被教会和贵族视为"邪说"，自第三部出版即遭到屡次迫害，被迫出走到巴黎。回国后，拉伯雷担任了宗教职务，业余时间为穷人治病，也曾在学校教书。其间完成了《巨人传》的第四部、第五部。

　　1553年1月，拉伯雷辞去了两处教堂本堂神甫的职务；4月初，拉伯雷在巴黎去世时，笑着说："拉幕吧，戏做完了。"

　　由于拉伯雷的《巨人传》反映了文艺复兴时期人文主义者对个性解放的追求，贯彻了他的理想的行为准则："你爱做什么，就做什么。"在《巨人传》里，人人可以快意地笑，爽朗地笑，尽情地笑，因此他被人们誉为

"伟大的笑匠"。

人文主义的巨著

拉伯雷的长篇讽刺小说《巨人传》前后创作过程达 20 年之久，它讲述的是巨人国王卡冈都亚及其儿子庞大固埃的神奇事迹：卡冈都亚不同凡响的出生；庞大固埃在巴黎求学时的奇遇；庞大固埃和卡冈都亚对婚姻问题的探讨；庞大固埃远渡重洋，寻访智慧源泉——

"神瓶"，并最终如愿以偿。对违反自然、抵制科学的教会势力和危害人民的封建司法作了猛烈的抨击，反映了拉伯雷对人民本性善良、纯朴的理想社会追求。

《巨人传》的主要特点是揭露性强。其中第四部的第五章到第八章巴汝奇和羊商斗智的一段是书中最精彩的故事之一，饶有民间故事风味。第五部则比前四部的讽刺更尖锐，大胆揭露了反动的罗马教廷，并愤怒地抨击封建司法，对后来的讽刺文学有很大影响。

此外，《巨人传》的语言富于创造性，拉伯雷对社会下层的行话都很熟悉，因此大量运用了各行各业的语言。全书语言上有时气势磅礴、热情充沛，有时庄严雄辩。

梦幻骑士《堂·吉诃德》

《堂·吉诃德》是欧洲文艺复兴时期第一部反映现实的长篇杰作，也是一部脍炙人口的世界名著，它标志着在 17 世纪文学启蒙复兴的时代，长篇小说也跨入了一个新的阶段。

塞万提斯的冒险生涯

米盖尔·德·塞万提斯·萨维德拉，1547 年出生于西班牙马德里附近的一个小城镇的没落贵族家庭。塞万提斯早年与兄弟姊妹跟随行医的父亲东奔西跑，使得他仅受过中学教育，直到 1566 年才定居马德里。23 岁时，塞万提斯来到了意大利，一年后加入了西班牙驻意大利的军队，并参加了著名的雷邦多大海战。他带病坚守岗位，多处负伤，失去了左手。

4 年军旅生涯结束后，塞万提斯返回祖国，不幸途中遭遇了土耳其海盗船而被掳到阿尔及尔做了奴隶，直到 34 岁时，亲友们才终于筹足资金把他

油画中的堂·吉诃德

赎回。此后，他做过老师、小职员、税吏等，为了生活而奔波忙碌。他爱好文学，业余以卖文给商人做广告来养活妻儿老小，还写过大量的抒情诗、讽刺诗和几十个剧本。50多岁开始了《堂·吉诃德》的写作。

1616年，塞万提斯病故于马德里。

梦幻骑士堂·吉诃德

塞万提斯的长篇小说《堂·吉诃德》是一部反骑士小说，自这部书出版后，骑士小说开始销声匿迹。而实际上，这部作品的社会意义超过了作者"只是对骑士小说的一种讽刺"的主观意图。书中包括了16世纪和17世纪初西班牙的整个社会，从公爵、封建地主、僧侣、牧师到兵士、手艺工人、牧羊人、农民，不同阶级的约700个人物，尖锐地、全面地批判了这一时期西班牙的政治、法律、道德、宗教、文学、艺术各个方面，是一部伟大的现实主义文学名著。

塞万提斯在小说中，成功塑造了堂·吉诃德这个不朽的典型人物，反映了文艺复兴时期旧的信仰解体、新的信仰尚未提出的信仰断裂时期的社会心态。他长得瘦细文弱，却因为对骑士文学入了迷，竟然骑着一匹瘦骨嶙峋的老马，手拿一柄锈迹斑斑的长矛，戴着露出头皮的破头盔，走入冒险生涯。他拒绝现实的感觉，只沉迷于自己的无边幻想中，因此常被当成神智不清、疯狂可笑的呆人，一路闯了许多祸，闹了许多笑话，上了许多当，搞得疾病缠身；但他始终是一个理想主义的化身，代表着高度的道德原则、无畏的精神、英雄的行为、对正义的坚信以及对爱情的忠贞，等等。他热情地歌颂自由，反对人压迫人、人奴役人。

从艺术角度讲，可以说，《堂·吉诃德》奠定了世界现代小说的基础。塞万提斯在创作中，将现代小说的一些写作手法，如真实与幻想、庄重与滑稽、写实与夸张，甚至作者走进小说里发表议论，使大故事中套小故事等，都有所体现。同时，塞万提斯善于运用个性化的语言、行动突出人物的性格，大胆地把一些对立的艺术表现形式交替使用，既有发人深思的悲剧因素，也有滑稽夸张的喜剧成分。

伟大的莎士比亚创作戏剧

莎士比亚是 16 世纪后半叶到 17 世纪初英国最著名的作家，人们称他为"时代的灵魂"。他也是欧洲文艺复兴时期人文主义文学的集大成者，在世界文学史上地位崇高。

伟大的剧作家的一生

威廉·莎士比亚是欧洲文艺复兴时期最重要、最伟大的作家。1564 年出生在英国中部埃及河畔的斯特拉特福镇，父亲是个商人；4 岁时，其父被选为镇长。小镇上经常有剧团来巡回演出，莎士比亚从此深深地喜欢上了戏剧。他经常和其他孩子模仿演戏，并想长大后自己也能写出神奇的剧本。

14 岁时，由于父亲经商失利，莎士比亚只好离开学校给父亲当助手。1586 年，莎士比亚随一个小剧团来到了伦敦，先在剧院打杂，并坚持自学文学、历史、哲学等课程。后来，莎士比亚毛遂自荐当了临时演员，由于他理解性好，表演认真，不久就成为正式演员。从此，莎士比亚开始尝试写剧本。27 岁时写出历史题材的《亨利六世》，上演后大受观众欢迎，逐渐在伦敦戏剧界站稳了脚跟。

1595 年，莎士比亚的悲剧《罗密欧与朱丽叶》在伦敦上演，一时名声大震，观者如潮，人们都被这部伟大的作品感动得流下了泪水。随着一系列剧本的成功上演，莎士比亚手里也有了钱，就成了剧团的股东。但不久后，莎士比亚的两个好友参与政治改革的叛乱活动而遭到政府逮捕。他在悲愤之下，一气呵成创作出《哈姆雷特》，赢得了很高声誉。

在以后的几年里，莎士比亚又写出了《奥赛罗》《李尔王》和《麦克白》，与《哈姆雷特》一起被称为"莎士比亚的四大悲剧"。

莎士比亚在伦敦住了 20 多年，在 50 岁之后隐退回归故里斯特拉特福。在人生的最后阶段，他开始创作悲喜剧（又称为传奇剧）。1616 年，因病离开了人世。

不朽的西方戏剧经典

莎士比亚是英国文学史上最杰出的戏剧家，他一生创作了许多优秀的戏剧、文学作品，流传下来的包括 38 部戏剧、154 首十四行诗、两首长叙事诗。他的戏剧被译成了各种主要语言，且表演次数也位列于世界戏剧家之首。其中最著名的有被誉为"西方梁祝"的《罗密欧和朱丽叶》和"时代灵魂之作"《哈姆雷特》。

莎士比亚最早的剧作，多采用标准的语言书写，含有精心的隐喻和巧妙构思，语言华丽，适合演员高声朗读而不是说话。之后，他开始注意从传统风格走出，形成自己的特点。如在历史剧《理查三世》中，开场时查理的独白，首开中世纪戏剧邪恶角色的先河，这种充满自我意识的独白，一直延续到他之后成熟期剧作中的自言自语。

画家笔下的罗密欧与朱丽叶

莎士比亚在中期创作《罗密欧和朱丽叶》《仲夏夜之梦》时，开始采用更自然的语言，隐喻和象征渐渐转为剧情发展的需要，惯用无韵诗与抑扬格的五音步。诗句仍很优美，但开始打断和改变句子，倾向于开始、停顿，并结束在行尾的规律，释放出新的力量和灵活性。这种艺术技巧在《朱利叶斯·凯撒》《哈姆雷特》等剧本的诗文中都有所体现。

在此之后，莎士比亚的文风有了更多的变化，尤其是后期的悲剧，莎士比亚采用了很多技巧，比如跨行连续、不规则停顿和结束，以及长短句互相综合、分句排列在一起，主语和宾语倒转、词语省略等变化。这样显得更紧凑、明快，并且在结构上不讲究规则，情节及时而出人意料地变换，有了更富有感情的段落，产生了自然的效果。

在艺术上，莎士比亚塑造了哈姆雷特、福斯塔夫等一系列具有鲜明个

性的艺术形象。同时，莎士比亚作品的语言丰富多彩，作为使用早期现代英语的代表，他创作了大约29066个（计算机统计）生动活泼、简洁精辟、色彩鲜明的短语或习语，既极大地丰富了英语的表现力，也使人物语言性格化。如哈姆雷特的话富有哲理和诗意、御前大臣波洛涅斯的语言矫揉造作、伊阿古的语言充满秽言秽语，等等。

莎士比亚不但善于遣词造句，而且还善用修辞手法。作品中许多佳句音韵美妙，更运用了比喻、笑谑、拟人、双关语等，或者表现鲜明形象，或者表达深刻哲理，使其作品更富有情趣、诗意和魅力。

莎士比亚是16世纪后半叶到17世纪初英国最著名的剧作家，也是欧洲文艺复兴时期人文主义文学的集大成者，在世界文学史上地位崇高，影响巨大。

第四章
17 世纪文学

当古典式的对称，将一片原本前途无望的沼泽地变成欧洲最伟大宫殿的时候，王室也开始进行教化和"文化复古"，路易十四在其统治的头20年中，出现了两个法国历史上文学最多产的时期，还有数量更多的重要人物—高乃依、拉西内、莫里哀、拉罗什富科、拉布吕耶尔和拉封丹。

——《剑桥法国史》

弥尔顿的三大诗作

在 16 世纪和 17 世纪相交时期，英国国内政治经济的矛盾加深，人心动荡，反映在文学的诗歌中，出现了以玄学派诗和贵族的爱情诗。此时，伟大诗人弥尔顿出现了。

革命诗人弥尔顿

约翰·弥尔顿 1608 年出生于英国伦敦一个富裕的清教徒家庭。他从小喜爱读书和音乐，16 岁时考入剑桥大学，就开始写诗。取得硕士学位毕业后，弥尔顿放弃了入教会做牧师的打算，坚信自己将来要成为一位伟大的诗人，于是在自家的郊区庄园闭门攻读文学长达 6 年，并写下了《沉思的人》《列西达斯》等大量的短诗，抒发了对幸福生活的向往和对社会的深思冥想。

之后，弥尔顿遍访意大利、法国、瑞士等地，拜会了伽利略等许多的文人志士。不久听说英国的革命运动即将爆发，便仓促回国，成为清教派的理论家。革命政府建立后，弥尔顿被任命为拉丁文秘书。由于任务繁重，他日夜不停工作，导致视力迅速下降，不幸于 1652 年双目完全失明。即使如此，他仍采用口述别人写的方式夜以继日地继续工作。

斯图亚特王朝 1660 年复辟后，弥尔顿被捕入狱。出狱后，他专心从事诗歌创作，完成了长诗《失乐园》和《复乐园》，诗剧《力士参孙》，从而使他名扬后世。

1674 年 11 月 8 日，弥尔顿去世，享年 67 岁。

三大诗作

弥尔顿不仅是一位政论家、民主斗士，也是 17 世纪中叶英国最伟大的诗人之一。在其著作中，从天赋人权、出版自由、宗教信仰自由、教育自由、婚姻自由等几个方面阐述自由主义思想。

《失乐园》是弥尔顿的代表作。这部叙事长诗共分12卷，一万余行，取材于《旧约·创世纪》。讲天使撒旦率众反抗上帝，败后被从天堂打入地狱，但撒旦却打开了地狱之门，并引诱伊甸园里的夏娃偷尝智慧果，于是受到上帝的诅咒，蜕变为蛇，用腹行路，终生吃土；上帝还因此迁怒于亚当和夏娃，把他们赶出伊甸园。

在诗中，弥尔顿虽然指出目的是要证明"上帝对待人的行为

《失乐园》插图

是正确的"，但是，诗中的上帝却处处显示出独断专横、不合情理。与之相比，撒旦的形象则显得具体而又可信。虽然表面上他诡计多端，与上帝作对，是罪恶的化身，但是他追求自由，对上帝的权威提出挑战，即使被打入地狱后，备受火海的煎熬，仍然威武不屈，坚持斗争，成为了一个敢于反抗专制统治的叛逆者。其实可以发现，撒旦正是当时英国资产阶级革命者的象征。

《失乐园》长诗继承了古希腊罗马的史诗传统，描写了天堂和地狱、混沌和人间多种壮阔的场景。在艺术上，该诗用典设喻，内外古今，无所不包。语言上采用简练的英语和古典拉丁语相结合，成就了一种"庄严和崇高的文体"。因此，《失乐园》被称为英国资产阶级革命的"史诗之作"。

弥尔顿的长诗《复乐园》在思想上与《失乐园》一脉相承，主要写耶稣抵抗撒旦的诱惑，替人类恢复乐园的故事，反映出对资产阶级革命坚定的信仰。而诗剧《力士参孙》则通过以色列民族英雄参孙的斗争精神，反映了封建王朝复辟后的身心痛苦和复仇的决心。

古典主义悲剧的奠基之作《熙德》

1636 年高乃依的 5 幕韵文剧《熙德》公演，此剧轰动巴黎，由于这个悲喜剧违背了古典主义的三一律，在评论界引起了一场论战，为法国古典主义戏剧的建立奠定了基础。

法国悲剧之父高乃依

高乃依 1606 年出生于法国鲁昂的一个律师家庭，自幼在耶稣教创办的学校读书，后来攻读法律，继承父业成为律师，自 1628 年在鲁昂法院任职达 21 年之久。由于他爱好诗歌，一次偶然的机缘下写出了第一部喜剧《梅里达》，上演后获得成功。此后接连又创作了 5 部作品，被当时的红衣主教所欣赏，成为法兰西学士院成员，正式放弃律师工作。但高乃依生性耿直，多次直言朝野中人的过失，因而不再受青睐，两年后就离职了。

1636 年，高乃依的五幕诗剧《熙德》在巴黎公演，轰动全城。但是主教以不符合古典戏剧的三一律为由，授意法兰西学院对《熙德》口诛笔伐。在强大的压力下，高乃依被迫沉默了 4 年，再度复出后，他向三一律的原则妥协，4 年中又推出 3 部杰作《贺拉斯》《西拿》《波里厄克特》。

但随后的《佩尔塔里特》却又遭遇了失败，因为法国穷兵黩武的太阳王路易十四完成了统一大业，整个社会沉湎于逸乐享受，戏剧讲究缠绵悱恻，英雄主义已唤不起观众的热情。

1674 年，高乃依完成了最后一部悲剧《苏连娜》。十年后，他在贫困与孤寂中死去。

古典主义悲剧的奠基之作

高乃依的一生共写了 30 多部剧本。而根据西班牙英雄传奇创作的《熙德》，是一部颇具浪漫情韵而带悲剧色彩的爱情故事。主人公堂·罗狄克是西班牙卡斯蒂利亚王国的老臣狄哀格的儿子，他与伯爵高迈斯的女儿施曼娜相爱并即将步入婚姻的殿堂。当时，国王选中了狄哀格担任太子的老师，高迈斯落选后大为恼火，与狄哀格发生争吵，还扇了狄哀格一巴掌。狄哀格要儿子为他报仇雪耻，罗狄克与高迈斯进行决斗，将其杀死。施曼娜闻讯痛不欲生，要求国王处决罗

狄克。国王正为难时，摩尔人前来进犯。罗狄克率军上阵杀敌，他出奇制胜，俘获了摩尔人的两个国王，击溃了入侵者。当罗狄克凯旋而归后，被国人尊称为"熙德"（即"君主"）。施曼娜再次向国王提出报杀父之仇的要求，国王对她耐心开导，终于施曼娜被说服了，她遵照国王的旨意，在服丧一年之后，与罗狄克结为夫妻。

　　《熙德》的主题反映了男女爱情、家庭义务要服从于国家民族的利益，赞颂了理性的胜利。艺术特色是剧情冲突尖锐，人物形象鲜明，内心刻画细腻，戏剧效果强烈。从一开始，主人公罗狄克就被置于家族间的冲突之中，使他在父亲和女友、爱情和荣誉面前必须同时作出选择与牺牲，两种选择互相排斥，不可调和。施曼娜内心的情感则更为复杂：她要除掉罗狄克以报杀父之仇；但又深深地爱着他，认为失掉他生活也就失去了意义。

　　高乃依的语言也非常有特色，他的长篇独白写得雄辩滔滔，同时简短的对答也明晰准确。语言整体上虽然较为华丽，但比同时代的其他作家要简朴易懂。

拉辛创作古典主义悲剧

法国戏剧作家拉辛的悲剧缠绵悱恻，填补了高乃依的英雄主义和莫里哀的人文主义之间的空白，使拉辛与这两位戏剧大师并驾齐驱，合称17世纪最伟大的三位法国古典主义剧作家。

悲剧大家

让·拉辛是与高乃依、莫里哀齐名的法国戏剧大家，他出生于一个小官员家庭，自幼父母双亡，由外祖母和教母抚养长大。拉辛天资聪颖，才思敏捷，熟悉拉丁文和希腊文，对古代西方文化有精深的理解。从青年时期开始创作剧本，自1667年到1677年的10年间，发表了如《昂朵马格》《讼棍》《布里塔尼居斯》《蓓蕾尼丝》《巴雅泽》《米特里达特》《伊菲莱涅亚》《费德尔》等主要作品，并于1672年33岁时入选法兰西学院。

1673年，太阳王路易十四从弗朗什·孔泰战役凯旋而归，法国从西班牙手中夺取了瑞士边境的一大片土地，确立了在欧洲的霸主地位。踌躇满志的路易十四在凡尔赛宫大宴群臣，拉辛的《伊菲莱涅亚》被选中在宫里演出，后来又在巴黎演出，使拉辛的风头一时压过了高乃依。

但是，在当时那个封建时代，艺术家也同其他的工匠一样，处处仰人鼻息，没有多少地位和尊严。拉辛的最后一部杰作《费德尔》被保守贵族攻击为"有伤风化"而停演。虽然国王亲自出面干预而平息了事态，但却使拉辛不得不辍笔达12年之久，仅专心在宫廷里做一名史官。

1689年，拉辛应德·曼特侬夫人邀请，再次拿起笔创作出了《爱斯苔尔》《阿达莉》，但又受到"伪君子""假道学"的贬斥，直至1699年病故以前，没有再为他心爱的舞台创作过一个剧本。

文学成就

拉辛的戏剧创作，多以悲剧为主，因此他的许多作品都被归入古典主义戏剧代表作之列。《昂朵马格》是拉辛最重要的代表杰作之一，于 1667 年上演，获得极大成功。该剧的主人公昂朵马格是特洛亚英雄厄克多的遗孀，全剧通过她在无比惨酷的战争面前，仍然保持着对亡夫坚贞不渝的爱情，并且她为了救护自己的幼儿而不顾一切，勇于献身，表现了崇高的母爱。

在另一部代表作《费德尔》中，拉辛高超的写作艺术尽显无遗。他对人物尤其是贵族妇女心理的刻画细致入微，当费德尔对厄诺娜倾诉她的内心苦闷的时候，那种对费德尔矛盾内心的刻画，简直到了传神的地步，一个有血有肉，有情有欲的费德尔的形象跃然纸上。全剧的人物关系十分复杂，但是，由于语言自然典雅，却又使悲剧的因素也十分明确，它们都来自主人公费德尔的内心，从她简单的言行中可以充分展现出来。

拉辛不但会写悲剧，也会写喜剧，《讼棍》至今读来还是非常生动，不比莫里哀的作品逊色。此外，拉辛对于三一律运用自如，得心应手，擅长写抒情诗，他的《心灵雅歌》使他成为如龙沙、雨果、波德莱尔一样伟大的诗人。

莫里哀：古典主义文学最重要的代表

1664 年 5 月，在凡尔赛宫的晚会上演出《伪君子》。这部喜剧大胆讽刺了天主教会，被国王下令禁演。莫里哀经过 5 年不懈的斗争，终于使此剧于 1669 年公演。

"法兰西精神"的代表者

莫里哀原名让·巴蒂斯特·波克兰，生于法国巴黎，父亲是路易十三的"王室侍从"。他自童年时代就对戏剧产生了浓厚的兴趣，中学受到了良好的教育。父亲去世后，他接替父职，经常出入于宫廷给皇帝大臣们表演笑剧。但在 1643 年，他放弃了世袭权利，与朋友们组成"光耀剧团"，取艺名为莫里哀（法语"长春藤"之意），在巴黎以及外省流浪演出。因缺乏经验，

听莫里哀朗诵剧本

在13年中剧团营业惨淡，莫里哀甚至负债累累，但却加深了对法国社会的观察和理解，也磨炼了他戏剧艺术的才华。

1656年，莫里哀返回巴黎，演出了独幕喜剧《多情的医生》，受到路易十四的称赞，并收回"王室侍从"头衔。即使有了这样的保护，但他的创作道路仍极为坎坷，为了争取剧本的上演，不得不同等级森严的封建制度进行持久的艰苦的斗争。

长期的紧张工作，终于使莫里哀积劳成疾，得了肺结核，但为了维持剧团的开支，他不得不带病登台。1673年2月17日，他带病坚持表演自编剧目《无病呻吟》，演出完毕后几个小时后，莫里哀与世长辞，终年51岁。

莫里哀去世后，路易十四曾问大诗人布瓦洛，是谁在文学上给了他最大的光荣。布瓦洛回答："陛下，是莫里哀。"因此，路易十四褒奖莫里哀代表了"法兰西精神"。

不朽的古典主义戏剧杰作

莫里哀把自己的一生奉献给了戏剧事业，一生共留下了30多部剧作和8首诗。尤其以1664年在凡尔赛宫的盛大节日晚会首演的《伪君子》最为著名。此剧是部思想深刻、艺术成熟的"政治喜剧"，大胆地讽刺了封建社会的基础之一——天主教会，塑造了一个性格突出而又有极大概括意义的典型——骗子答尔丢夫，这个形象是莫里哀最高的艺术成就之一。由于这一形象的典型概括性，"答尔丢夫"一词在法语中已经成了"伪君子"的同义语。

另一代表作《吝啬鬼》是5幕散文喜剧，被看作与《伪君子》齐名的杰作。主人公阿巴贡是个高利贷商人，他贪婪吝啬、爱财如命，是莫里哀笔下的一个性格典型且不朽的艺术形象。

莫里哀的喜剧都是直接为舞台演出而写作的，种类和样式多样化，已超越古典主义的范围，而是含有经过革新之后的民间闹剧成分，坚持平民趣味，在风趣、粗犷之中表现出严肃的态度。同时，莫里哀的剧本突破了三一律格式的约束，人物特点集中，又运用夸张幽默的手法，并把日常的生活用语提炼后搬上舞台，语言流畅、自然生动，深受人们喜爱。

法国寓言大师拉封丹

　　法国作家拉封丹的寓言，与伊索寓言、克雷洛夫寓言，共同构成了世界寓言作品中最高的三座丰碑，这对后来的世界寓言作品有很大的影响，成为了全人类的精神财富。

法国的荷马

　　让·德·拉封丹是法国著名的寓言诗人。1621年出生于香巴涅的夏托蒂埃里一个小官员家庭。他从小生长在农村，对大自然和农民有着无比的热爱。他在祖父的藏书中发现了马莱伯的抒情诗，从此对诗歌产生了浓厚的兴趣。

　　19岁时，拉封丹去巴黎学习神学，之后又改学法律，毕业后获得巴黎最高法院律师头衔。他看透了法院的黑暗腐败，因此不久就辞掉律师职业，回乡下接替父职，过上了安闲的乡绅生活。但他却理家乏术，被迫出卖土地，到巴黎去投靠当时的财政总监富凯，以每季度写几首诗剧来换取一笔年金。1661年富凯被捕，拉封丹向路易十四写诗请愿，因此获罪，只得逃亡到利摩日。

《拉封丹寓言》插图

　　1663年末，拉封丹返回巴黎，成为一些文艺沙龙的常客，结识了如莫里哀、拉辛等一些诗人和戏剧家，同时对上流社会和权贵有了更深入的了解。1668年，他的《寓言诗》第一卷出版，获得了很高的文学声誉。此外还出版了5卷《故事诗》和韵文小说《普叙赫和库比德的爱情》，也都引起很大反响。于 1683 年成为法兰西学院中的一员，被誉为"法国的荷马"。

1694 年，拉封丹出版《寓言诗》的最后一卷（第 12 卷）。次年 4 月 13 日，拉·封丹去世，被安葬于拉雪兹神父公墓。

寓言大师的杰作

拉封丹是杰出的寓言大师。他的作品经后人整理为《拉封丹寓言》，与古希腊著名寓言诗人伊索的《伊索寓言》及俄国著名作家克雷洛夫所著的《克雷洛夫寓言》并称为世界三大寓言。

拉封丹的代表作《寓言诗》著于 1668 年至 1694 年间，虽然里面的故事主要来自古希腊的伊索、古罗马的寓言家费德鲁斯，以及古印度的故事集《五卷书》，并非拉封丹自编，但他却对现成的民间故事情节进行再创造，运用诗的语言化陈旧为新鲜，按一定的道德观念增加情节和人物，将古代简短浅显的寓言组成完整的故事，从内容到形式都加以革新，将寓言这一传统体裁推至一个新高度。

在寓言中，拉封丹成功地塑造了贵族、教士、法官、商人、医生和农民等涉及各个阶层和行业的典型形象，描绘了人类的各种思想和情欲。同时，拉封丹擅长以动物喻人，讽刺势利小人和达官贵人的丑恶嘴脸，对当时法国社会上的丑陋现象进行了大胆的揭露。如《狼和小羊》《乌鸦和狐狸》等名篇，在世界许多国家都广为流传，成为一面生动地反映 17 世纪法国社会生活的镜子。

在艺术上，拉封丹的寓言诗风格灵活，文笔高雅，词汇丰富，格律多变，使作品寓意深刻，讽刺辛辣。

第五章
18 世纪文学

启蒙运动的作家们——他们称自己为哲学家——勇敢地撰文以弥补他们的缺失。孟德斯鸠在他的《波斯人信札》中，机智地讽刺了宫廷上流社会；继而在他博大精深的《论法的精神》一书中，提出了一种自由主义政治前景。

伏尔泰则一生致力于进行社会批评。他对社会、宗教和政治罪行，进行了机智而俏皮的讽刺。狄得罗也不甘示弱，他编撰 35 卷《百科全书》，可谓启蒙运动的圣经，该书还是一个用尖锐的理性思想，对物质和社会进行有条不紊地探索的一个尝试。

——《剑桥法国史》

笛福发表《鲁滨孙漂流记》

笛福是英国 18 世纪启蒙文学的重要作家，他的代表作《鲁滨孙漂流记》是一部流传很广、影响巨大的文学名著，作品表现了强烈的资产阶级进取精神和意义重大的启蒙意识。

戴过枷锁的作家

丹尼尔·笛福是英国 18 世纪启蒙文学的重要作家，他出生于清教徒家庭，父亲为伦敦的蜡烛制造商。笛福 20 岁左右做了商人，24 岁与一个酒商的女儿结婚，从此专门经营袜织品。7 年后生意亏了本，就到政府部门做事，并曾参过军，同时开始写作。41 岁时发表讽刺诗《真正的英国人》，次年发表《处理异教徒的最佳捷径》，因讽刺当政者信奉的宗教而被捕入狱 6 个月，戴枷示众 3 次。笛福却在狱中写下了讽刺法律不公的打油诗《立枷颂》，因而被伦敦市民奉为英雄。

出狱后，由于得到掌权的政治家哈利赏识，笛福被任为政府秘密情报员。1704 年创办《评论》杂志和周刊，首开社论之先河，但也曾因游戏笔墨而两次被捕入狱。59 岁出版长篇小说《鲁滨孙漂流记》，大获成功。晚年时，笛福又出版了《辛格顿船长》《杰克上校》等长篇小说，均被列为英国文学经典。

1731 年，笛福在自己家中于昏睡中死去，终年 72 岁。

荒岛上的鲁滨孙

笛福由于文学创作，获得了很高的声誉，被称为"英国小说之父""欧洲小说之父"和"英国报纸之父"等。

他的代表作《鲁滨孙漂流记》出版于 1719 年 4 月 25 日，这部小说是他受当时一个真实故事的启发而创作的。小说讲的是主人公鲁滨孙在青年时代不安于平庸的小康生活，不听父亲的劝告而私自逃到海外经商，却被摩尔人所掳；做了几年奴隶后，他逃往巴西，成了种植园主。为了解决劳动力的缺乏问题到非洲购买奴隶，途中遇到海难，他独自一人飘流到南美附近的无人荒岛。小说表现出鲁滨孙在荒岛上 28 年来所表现出的不知疲倦、百折不挠的毅力，反映了资本主义原始积累时期新兴资产阶级的精神面貌。

《鲁滨孙漂流记》不同于英国过去的传奇与流浪汉小说，它的主人公鲁滨孙是普通的中产阶级人物，作者在他身上注入了自己的理想，把他塑造成为一个具有完美品性的资产阶级英雄人物。从表面上看，讲述的是一个奇迹般的历险故事，但是，故事背后却隐含着人类共同面临的问题，也隐藏着人们所普遍渴望和梦想的东西，如向往自由、孤渡重洋、英雄无畏、自立于世，等等。

笛福善于描写具体的环境和人物言行，用生动逼真的细节把虚构的情景写得让人如同身临其境，使故事具有强烈的真实感。故事情节引人入胜，语言自然流畅，文字通俗易懂，是一部雅俗共赏的好作品。

"I caught a young parrot which I knocked down with a stick."

《鲁滨孙漂流记》插图

英国小说之父菲尔丁

1749 年，菲尔丁出版了《汤姆·琼斯》，这部小说继承和发扬了英国幽默讽刺文学的传统，被视为英国小说史上的里程碑。因为对英国文学的贡献，他被称为英国小说之父。

现实主义小说奠基人

亨利·菲尔丁是英国伟大的小说家、剧作家，1707 年出生于英国西南部的一个贵族军官家庭。从很小就受教于一个牧师，随后在贵族学校接受中等教育，16 岁以前已经精通了希腊文和拉丁文，读了许多古典名著。

菲尔丁 21 岁赴荷兰雷顿大学学习语言和法律，但因家道中落而中途退学。回国后，他没有像同阶层的其他青年那样去寻找有声望的保护者，而是决定写剧本自力更生。由于他才学渊博、谈吐幽默，很快就受到文艺界的欢迎，正式踏上了伦敦剧坛。

成为职业剧作家后，菲尔丁共写了 25 部剧本，并和朋友合伙买下一个剧团。后因得罪权贵，戏院被封，菲尔丁被迫结束了他的戏剧生涯。他改学法律，3 年后就取得了律师资格，并曾任伦敦威斯敏斯特区法官和伦敦警察厅长。

同时，菲尔丁还创办了《战士》杂志，撰写文学评论、杂文、小说，先后写出《约瑟·安德鲁传》《大伟人江奈生·魏尔德传》《阿米莉亚》和《汤姆·琼斯》四部长篇小说。

晚年，菲尔丁由于长期劳累和贫困，导致四肢瘫痪。1754 年赴葡萄牙里斯本治病修养，两个月后不幸病重去世，安葬在当地的英国墓园中。死后被誉为"英国现实主义小说的奠基人"。

文学成就

菲尔丁是一个非常正直认真的人，在任法官和警官时秉公执法，训练了最早的一批侦察犯罪活动的侦探警察。这种职业经历，使他加深了对社会的认识，虽然他生活贫困，却还常常救济穷人。同时，这也为他创作积累了广泛的素材，共创作了5部优秀杰出的现实主义长篇小说。

菲尔丁的小说中最著名的是《汤姆·琼斯》，全书共分18卷，中心情节是描述弃儿汤姆·琼斯的生活遭遇，通过汤姆·琼斯与庄园主女儿苏菲亚·魏斯登的恋爱故事，描绘了18世纪中叶英国社会生活的广阔真实图画：英国地主领地的日常生活，乡村、城市、旅店、戏院、集市、法庭、监狱、杂货铺、上流社会的沙龙……无所不包。就这部作品反映现实的广度和深度来说，可以称为英国18世纪的散文史诗，也为19世纪批判现实主义小说奠定了基础。

这部小说通过一切阶级与社会集团的典型人物，从最高显贵和大资产阶级的代表到生活"底层"的强盗、流氓，概括了当时英国社会生活的全貌，在叙述角度、结构、人物塑造等方面都富有创造性。书中对一些主要人物的刻画极其深刻，他们的相貌和举止、语言都个性鲜明而绝不雷同。通过人物在日常生活细节上所流露出来的社会关系、语言行动和思想感情去表现人物的性格。

《汤姆·琼斯》电影剧照

博马舍与喜剧"费加罗三部曲"

法国作家博马舍的喜剧创作，标志着古典主义戏剧向近代戏剧的转变，为近代戏剧的发展开创了一条崭新之路。他的代表作是费加罗三部曲，用古典主义戏剧形式表现出启蒙思想。

过渡时期的喜剧家

加隆·德·博马舍原名彼埃尔·奥古斯旦·加隆，1732 年出生于巴黎一个钟表匠的家庭。他从小没受过系统的教育，但善修钟表，不到 20 岁就成为了优秀的钟表匠师。成年后，做过宫廷表师和公主的竖琴教师。他借助同王室的关系从事金属生意发了财；婚后以妻子领地名称"博马舍"为名，成为贵族。这时开始写作，1767 年发表了第一部剧本《欧仁妮》。

1773 年，博马舍因私事纠纷殴打了一个贵族大臣，因此被关进监狱，没收了财产。出狱后被路易十五重用，继续经商，同时写作剧本，完成了《塞维勒的理发师》《费加罗的婚姻》两部喜剧。

1777 年，博马舍组建著作人协会，从而能使剧作家得到王室的酬劳。大革命前夕，他又成为了富翁，但因过于富有，在随后的大革命期间曾被短暂监禁。但这次事件却又激发了他创作剧本的灵感，又写出了第三部喜剧剧本《有罪的母亲》。由于他的三部喜剧有共同的主人公费加罗，被称为"费加罗三部曲"。

1799 年 5 月 18 日，博马舍因中风而死，葬在自己的园地中。

喜剧文学艺术

博马舍的一生充满着传奇的斗争色彩。但是，真正使他获得不朽声誉的，却是他的戏剧创作。他的喜剧代表作"费加罗三部曲"前两部，标志着古典主义戏剧向近代戏剧的转变，对以后欧洲现实主义戏剧的发展作出了

《费加罗的婚姻》舞台剧照

贡献。

三部曲的第一部《塞维勒的理发师》又名《防不胜防》，叙述老医生巴尔多洛强迫养女罗丝娜和自己结婚，罗丝娜却爱上年轻的阿勒玛维华伯爵，伯爵靠他的旧仆人、理发师费加罗的帮助，终于战胜了老医生，和罗丝娜结婚。这部剧本通过费加罗的形象宣传的启蒙思想，对封建社会进行了辛辣的讽刺和猛烈的抨击，是一部现实主义作品。

第二部《费加罗的婚姻》又名《狂欢的一日》。剧中，阿勒玛维华成功把罗丝娜娶到手后，才不过 3 年，他轻佻淫邪的本性就完全暴露了。他贪图费加罗的未婚妻苏珊娜的初夜权，和人勾结陷害费加罗。费加罗同伯爵巧妙周旋，并在婚礼之夜巧设陷阱，让伯爵当众出丑，自己与苏珊娜终结良缘。这部剧本通过这个富于表现力的婚姻题材的喜剧，尽情地嘲讽了封建贵族势力的荒淫无耻、腐朽没落，形象地揭示了当时社会的阶级矛盾，热情地歌颂了资产阶级的雄心勃勃。

《有罪的母亲》讲的是伯爵和夫人各有私生子女，有人想挑拨拿遗产的故事。其思想性和艺术性都不如前两部。

博马舍的"费加罗三部曲"，在艺术上取得了很高的成就。他运用古典主义喜剧形式来表现启蒙运动的思想内容，并使这两者达到了有机的统一。情节精练集中，矛盾冲突鲜明而结构严谨；同时，剧中对人物的刻画个性鲜明、生动形象。运用他独有的特色语言，使喜剧中不时穿插一些民间小调的歌曲和节日的舞蹈，既有笑剧的成分，又有浓郁的生活气息。

《新爱洛绮丝》歌颂爱情的高尚

1761 年，法国的卢梭出版了《新爱洛绮丝》，在法国文学史上，第一个把爱情当作人类高尚情操来歌颂。小说出版后，成为人人争看的畅销书，风靡全欧。

启蒙运动的卓越代表

让－雅克·卢梭是法国 18 世纪伟大的启蒙思想家、哲学家、教育家、文学家。1712 出生于瑞士日内瓦的一个钟表匠家庭，祖上是从法国流亡到瑞士的新教徒。

快年满 16 岁时，卢梭逃离日内瓦去流浪。当过临时工、家庭书记、教师、流浪音乐家等。开始与旅馆女仆黛莱丝·瓦瑟同居，并生了 5 个孩子，卢梭为了让他们少受伤害，把他们先后送进了一家育婴堂。

1742 年，卢梭来到巴黎。从 1749 年起主笔《百科全书》音乐方面的撰写。1750 年以《论科学与艺术》一文赢得第戎学区论文比赛首奖而成为巴黎名人。自 1755 年先后发表《论不平等的起源》《爱弥儿》《社会契约论》《忏悔录》等，声望更盛。同时还创作出《爱情之歌》《村里的预言家》两部歌剧，上演后受到国王路易十五和王后的青睐。

1761 年，卢梭的《新爱洛绮丝》出版，立刻轰动巴黎，被称为世界第一部浪漫主义文学作品。

1778 年 7 月 2 日早上，卢梭因脑出血导致的中风去世。

开创浪漫主义文学流派

卢梭出身下层，一生困顿。但他以自己对文学的热爱及对社会的深刻认识，写出了《论科学与艺术》《社会契约论》等著作，谴责封建专制，反对暴力和不平等，主张以社会契约形成民主政权，因此被誉为法国大革命的思想先驱和杰出的民主政治家。

同时，卢梭在文学上也有着重要贡献，他的
文学作品主要有《新爱洛绮丝》《爱弥尔》和自
传体散文《忏悔录》。《爱弥尔》是一部表达作家
教育思想的哲理小说。《忏悔录》以坦率的方式
回忆了自己50多年的经历，在表白自己"本性善
良"的同时，也暴露了自己的种种劣迹，强调了人
性本善的哲理，指出罪恶的社会环境使人堕落。

《新爱洛绮丝》是卢梭著名的书信体小说，
作品描写的是平民出身的家庭教师圣·普洛和贵
族学生朱丽小姐的爱情悲剧，采用书信体格式来
展开悲剧主人公的命运，这使得《新爱洛绮丝》
在结构方式上显得非常奇特。其中《离别》和《游

卢梭画像

湖》集中描写尤丽和圣普洛这一对恋人纯真而炽热的感情，是小说中最著
名的两封情书。

同时，卢梭擅长对人的感情的细致描绘，尤其是恋人的多愁善感和离
愁别绪。《离别》信中后一部分描写圣普洛对尤丽的思念，通过景色和环境
烘托情节，写得如梦似幻而又情真意切，最为动情。

卢梭以《新爱洛绮丝》中细致的心理描写，情景交融的美丽篇章，开了
一代文风，成为浪漫主义文学创立的标志。

席勒创作《阴谋与爱情》

1784 年，德国的席勒五幕悲剧《阴谋与爱情》首演。该剧是德国狂飙突进运动最重要的创作成果之一，也是青年席勒创作的顶峰，同时它又是德国市民悲剧的代表作。

"荣誉公民"席勒

约翰·克里斯托弗·弗里德里希·冯·席勒是德国 18 世纪启蒙文学的代表人物之一。1759 年出生于德国符腾堡的马尔巴赫小城，父亲是医生。席勒从童年时代就对诗歌、戏剧有浓厚的兴趣。9 岁进入拉丁语学校，但 13 岁就被强行选入军事学校，在那里度过了 8 年令他憎恨的专制囚徒式生活。但在此期间，席勒有幸接触到了莎士比亚、卢梭、歌德等人的著作，并接受了狂飙突进的影响，开始写诗歌和戏剧，17 岁时开始写剧本《强盗》。

从军校毕业后，席勒 22 岁自费发表《强盗》，该剧首次在曼海姆上演即引起巨大反响，人们潮水般地涌入狭窄的礼堂观赏戏剧，有评论家把他誉为德国的莎士比亚。1784 年，席勒的五幕悲剧《阴谋与爱情》首演。这部剧是青年席勒创作的顶峰，有着强烈的狂飙突进色彩，而法兰西共和国则由于此剧的反封建思想，授予席勒"荣誉公民"的称号。

1787 年，他前往诗人荟萃的魏玛，结识了赫尔德等名人； 1794 年，他开始了与歌德在文学创作中长达 10 年的合作，取得累累硕果，文学史家称这 10 年为"古典文学时期"。

1805 年 5 月 9 日，席勒在与疾病战斗了 14 年之后去世，年仅 46 岁。

德国古典文学的又一丰碑

席勒的文学创作，以他 1787 年去魏玛为界，大体可分为前后两期：前期是青年席勒反封建意识最强烈的时候，也是席勒的狂飙气质表现得最鲜明

席勒画像

的时候，这时的代表作有《强盗》《阴谋与爱情》等，是席勒全部创作中反封建倾向最为突出的作品。后期的著名剧作包括《华伦斯坦三部曲》《玛丽亚·斯图亚特》《威廉·退尔》等，主要以历史题材为主，与宏大的社会变革相贴近。

席勒最为人所称道的，就是他前期的市民悲剧的代表作《阴谋与爱情》，这部剧作是德国狂飙突进运动最重要的创作成果之一，也是德国第一部有政治倾向的戏剧。它的反封建性，尤其体现在它并不取材于历史，而是直接取材于当时的德国现实，观众对此剧的时代意义一目了然。

《阴谋与爱情》讲述的是，平民琴师的女儿露伊丝和宰相的儿子斐迪南深深相爱，然而，这段爱情在等级森严的社会和钩心斗角的宫廷阴谋下，最终以二人死去的悲剧告终。通过这对恋人所遭遇的门第观念和尔虞我诈的破坏，集中地反映了德国市民阶层和封建统治者之间的矛盾，揭示出万恶的封建制度正是造成这对青年男女最后殉情自杀的悲剧根源，表达了当时人们对平等自由的深切渴望。

在艺术上，《阴谋与爱情》结构紧凑，情节生动，冲突激烈。同时，席勒摒弃了长篇大论而改用简洁的语言，使人物性格更加鲜明突出，讽刺效果更为强烈。

歌德的作品是德国文学的高峰

18 世纪中叶到 19 世纪初，欧洲封建制度日趋崩溃，促使德国作家歌德接受先进思潮的影响，创作出优秀的文学作品，把一向地位不高的德国文学推向前所未有的高峰。

文学世界 "奥林匹斯山的宙斯"

约翰·沃尔夫冈·冯·歌德是德国著名思想家、作家、科学家，1749 年出生在德国法兰克福市的富裕家庭。其父是法学博士，并曾获得皇家顾问的头衔。歌德从小就受到良好的教育，也学习马术和击剑。16 岁起进入莱比锡大学学习法律，但他对法律兴味索然，却在文学、绘画和自然科学上投入了更多的精力。后又转入斯特拉斯堡大学，开始从事文学创作。

由于斯特拉斯堡地处德法边境，歌德有幸接受了卢梭、斯宾诺莎的影响，尤其在"狂飙突进"运动的领袖赫尔德的引领下，歌德进入了荷马与莎士比亚的艺术世界，对民间歌谣产生了浓厚的兴趣，在创作中逐渐摆脱了宫廷文学和古典主义的束缚，写下了许多脍炙人口的名篇。

歌德毕业时获得法学博士学位，回到法兰克福从事实习法律业务。但他却将主要精力仍然投入到了文学创作之中，历史剧《葛兹·封·伯利欣根》的出版使他从此蜚声德国文坛，书信体小说《少年维特之烦恼》更使他在整个欧洲名声大噪。

1775 年，歌德应卡尔·奥古斯特公爵之邀，来到魏玛公国担任枢密顾问、内阁大臣，此后 10 年他都身陷繁忙的公务，文学创作几乎陷于停滞状态。后由于政见不合，歌德独自离开魏玛，去往心向往之的意大利。在意大利不仅饱览了宏伟壮丽的自然风光和美不胜收的古代艺术，而且促成他写出了《意大利游记》《塔索》和《浮士德》的部分章节。这时他的艺术理想从"狂飙"式的幻想转入对宁静、和谐的"古典主义"的追求。

歌德返回魏玛后，只担任艺术和科学院总监，专心从事创作。1794 年结

识了席勒，两位伟大作家开始了携手合作的"光辉的 10 年"，完成了不朽巨著《浮士德》。

1832 年 3 月 22 日，歌德于魏玛病逝，终年 83 岁。由于他在文学艺术和自然科学研究方面的卓越成就，被誉为文学世界"奥林匹斯山上的宙斯"。

从《少年维特之烦恼》到《浮士德》

歌德是最伟大的德国作家之一，也是世界文学领域一个出类拔萃的光辉人物。他不断接受先进思潮的影响，加深自己对于社会的认识，从而创作出当时最优秀的文学作品，把一向地位不高的德国文学推到了一个前所未有的高峰，并获得了不朽的世界性声誉。

《少年维特之烦恼》是歌德青年时期的代表作，也是德国文学中第一部具有国际影响的作品。小说以书信体写成，在很大程度上是根据作者自己的生活经历写成。书中叙述了城市少年维特博学多才，并深受狂飙突进运动影响，他热爱自然却讨厌封建教条，周围的人们都很嫉恨他。维特爱上了一个名叫夏绿蒂的乡村姑娘，但毫不知情的夏绿蒂却和别人订了婚。无望的单恋使维特陷入极大的痛苦之中，他想到去外地工作来摆脱这种苦恼，但仍无法解脱，再加上他同封建文明格格不入，又辞职回到夏绿蒂身边。在遭到她的拒绝后，维特失去精神支柱，用一把手枪结束了自己年轻的生命。

《浮士德》是歌德倾尽毕生心血酝酿构思，到晚年才完成的一部史诗性的巨著。全诗共 12110 行，以 16 世纪德国有关江湖术士约翰·乔治·浮士德的民间传说为题材，以文艺复兴以来的德国和欧洲社会为背景，反映了

《浮士德》插图

一个新兴先进知识分子不满现实、竭力探索人生意义和社会理想的生活道路。

《浮士德》全剧的情节并不首尾连贯，而是以浮士德思想的发展变化为线索。他走出书斋，随魔鬼云游世界；又当了大官，在宫廷里过着高层贵族的荒淫生活；后又与美丽的阴魂海伦结婚生子；最后从仙界降落人间，帮皇帝平复叛乱，率领人民填海造田，一直活到一百多岁才去世。

《浮士德》构思宏伟，内容复杂，结构庞大，把当代的生活与古代的神话、真实的描写与奔放的想象、现实主义与浪漫主义巧妙地熔铸一炉；善于运用矛盾对比之法安排场面、配置人物，使古往今来的各种人物和天上、人间、魔界的各种生活场景，构成了一幅千变万化、色彩斑驳的历史画卷；语言上时庄时谐、有讽有颂、风格多变，达到了极高的艺术境界。

歌德的《浮士德》既是启蒙主义文学的压卷之作，也是欧洲和世界文学的宝贵财富，同《荷马史诗》、但丁的《神曲》和莎士比亚的《哈姆雷特》被誉为"名著中的名著"。

第六章
19 世纪文学

浪漫主义在欧洲的起源似乎不同，但有人说，浪漫主义是从新古典主义分离出来的，因为它在谱系上没有自己的渊源，只是对同样的历史传统做了复杂的处理，而这些传统在新古典主义中表现得比较简单。

由于浪漫主义具有主观的性质，并承认个人的自主性，它在 18 和 19 世纪深刻地改变了艺术对生活的态度和艺术的表达方式，从而造成广泛而持久的影响。

——《剑桥艺术史》

海涅发表《德国，一个冬天的童话》

浪漫主义兴起于 18 世纪末期，19 世纪头 30 年却成了德国文学的主潮。由于受到黑格尔的德国古典哲学的影响，德国浪漫主义文学具有唯心主义和神秘主义色彩。

德国的伟大诗才

海因里希·海涅是德国著名抒情诗人和散文家，1797 年出生在莱茵河畔杜塞尔多夫，父亲是犹太商人。海涅在童年和少年时期经历了拿破仑战争，因此早早接受了法国资产阶级革命思想的影响。1819 年，海涅先后在波恩大学和柏林大学学习法律和哲学，从此开始文学创作，发表了《青春的苦恼》《抒情插曲》《还乡集》等组诗。

从 1824 年到 1828 年，海涅游历了国内和英国、意大利等国，丰富了阅历，写出 4 部散文旅行札记，其中包括《哈尔茨山游记》《英国片断》等名篇。

1830 年法国爆发"七月革命"，海涅深受鼓舞，次年移居巴黎，此后 10 年从诗歌写作转向政治活动，成为国家民主运动的领导人；同时对法国和德国文化有许多评述。

1841 年，海涅完成讽刺长诗《阿塔·特洛尔》，再次闻名文坛。1843 年，他在巴黎结识了马克思和恩格斯，在创作上受到一定的影响。1844 年，海涅发表《新诗集》，收入 1830 年至 1844 年间的诗作，表达了对祖国和亲人的怀念，其中也包括政治抒情诗《西里西亚织工之歌》。在这部诗集的最后一部分就是长诗《德国，一个冬天的童话》。

海涅晚年由于受法、德等国革命失败的影响，健康恶化，1848 年双目失明，并因脊椎炎全身瘫痪。在床上挣扎了 8 年之后，于 1856 年 2 月 27 日逝世。

《德国，一个冬天的童话》

海涅是 19 世纪前期德国文学最高成就的代表，也是新浪漫派的代表人物，他的著名诗歌代表作是《德国，一个冬天的童话》。它是海涅离开祖国 13 年后回国看望母亲时所写，当时他看见整个德国的统治如同冬天一样冰冷，人民在封建专制的压迫和奴役的深渊中挣扎，破败落后的德国发生的一切，恰如童话故事一般荒诞可笑。所以长诗命名为《德国，一个冬天的童话》。

长诗通过国粹主义的红胡子大帝（腓特烈大帝）的传说，对德国当时社会现实进行了激烈的批判，指出不能将国家的希望寄托在这样的中世纪幽灵身上，德国人民要自己解放自己，因为"从来没有神，没有救世主"。

同时，诗人还大胆地讽刺了汉堡庸俗的资产阶级市侩社会，批判了德国资产阶级的懦弱妥协；大声呼吁人民要"在大地上建立起天上的王国"，在这个"地上天国"里，有面包、玫瑰、美和欢乐。诗人高呼，"我们要在地上幸福生活，绝不让懒肚皮消耗双手勤劳的成果"。最后，诗人警告反动统治者，"不要得罪活着的诗人，他们有武器和烈火，比天神的闪电还凶猛"。

在艺术上，《德国，一个冬天的童话》巧妙地把现实生活图景与幻想的梦境结合起来，辛辣讽刺中夹杂着轻快抒情，既有革命家的热情鼓舞，也有理想主义者的沉思，因此感情真挚、亲切，有极大的艺术感染力。

在语言上，海涅将嬉笑怒骂运用自如，显示了卓越的语言技巧。他以平常的词汇、普通的语句构造出思想深刻、生动优美的诗篇，而又没有让诗歌负担哲学的沉重。因此他被称为"德国古典文学的最后一位代表"。

浪漫主义天才诗人拜伦

拜伦是 19 世纪初英国最伟大的浪漫主义诗人，是世界诗歌史上罕见的天才。在整个 19 世纪，他成为具有浪漫主义情调的"拜伦式英雄"的同义语，也是一个被驱逐的流浪者。

革命者与诗人的一生

乔治·戈登·拜伦是英国 19 世纪初期伟大的浪漫主义诗人，1788 年生于英国一个真正的贵族世家，但由于父亲的挥霍而趋于没落。他的父亲败掉家产后离家出走，死在法国，当时小拜伦刚刚 3 岁。母亲出身苏格兰富裕贵族家庭，她带着儿子移居苏格兰，拮据度日。由于她文化不高且脾气乖戾，对拜伦有时溺爱，有时暴躁，这也使得拜伦日后养成了叛逆不羁的性格。

拜伦 10 岁时，他的叔爷去世，把勋爵封号和两处地产传给了拜伦，成为拜伦六世勋爵，家境从此好转，1800 年他迁居伦敦。为了与显赫的身份相配，他被送进哈罗公学。1805 年中学毕业后进入剑桥大学，学习历史和文学，广泛阅读了英国和欧洲的文学、历史和哲学著作。他先天跛足，但他志向高远，板球、拳击、击剑、骑马、游泳无所不好，表现出顽强的反抗精神和浪漫的性格。

20 岁大学毕业后，拜伦在上议院获世袭职位。他先后游历了欧洲许多国家，这使他眼界大开，亲眼目睹了西班牙人民抗击拿破仑侵略军的壮烈景象和希腊人民在土耳其奴役下的痛苦生活，有感而发写下长诗《恰尔德·哈罗德游记》。这首长诗轰动了当时英国文坛，使拜伦立刻成为著名诗人。

拜伦有神圣的使命感，此时适逢欧洲各国民主民族革命兴起的时代，他反对专制压迫，同情工人自由主义运动，积极参加政治活动，支持人民革命的民主思想。因此发表了政治讽刺诗《织机法案编制者颂》。1817 年受到迫害迁居意大利，参加了希腊人民反对土耳其的民族解放战争，并组织部队，亲自指挥，被任命为向利杜潘进军的远征军总司令。

因过分劳累，拜伦患了热病，1824年逝世，年仅36岁。希腊视他为民族英雄，为他举行了3天国丧。此时长篇诗体小说《唐璜》还没有完成。

绝顶天才之作

拜伦一生为民主、自由、民族解放的理想而斗争，临终前还在呓语："前进——前进——要勇敢。"而且他在文学上也是一位斗士，在短暂的一生中，为世人留下了众多具有重大历史进步意义和艺术价值的光辉诗作。代表作是长诗《恰

拜伦画像

尔德·哈罗德游记》和长篇诗体小说《唐璜》，后者因参加希腊革命病逝没能最后完成，但因其深刻的思想内容、广阔的生活容量和独特的艺术风格，被歌德称为"绝顶天才之作"，是一部气势宏伟、意境开阔、见解高超、艺术卓越的欧洲浪漫主义文学的代表作品。

拜伦在这些"抒情史诗"中，以开阔的视野和精深的笔法，描绘了自己亲身游历的不同国家的生活和风俗习惯，展示了辽阔雄壮的时代画卷；同时融入了自己的切身体会，批评了封建专制制度和君主政体，抒发了热爱自由的革命理想和傲然不屈的斗争誓言。

在诗中，拜伦采用浪漫创作手法，呈现出一幅幅令人心动的美丽风景：地中海、爱琴海、葡萄牙的山峦、莱茵河沿岸、西班牙斗牛场、日内瓦湖畔、滑铁卢古战场，以及希腊、罗马的古迹残垣。他通过对这些国家风光的描绘，激发出各国人民的爱国热情，对当时风行的拜金主义作了揭露和讽刺，用过去的革命经验和当时的现实相比，号召人民为祖国的独立解放而战斗。

在艺术上，拜伦善于大量运用夹叙夹议的艺术手法，由触景生情而直抒胸臆，畅叙对哲学、社会、政治、历史、宗教和艺术的精辟见解，表现出他的抒情叙事诗的卓然不凡，这得益于其视野的开阔，文笔的美妙，更在于

拜伦人文知识的广博。

　　拜伦在他的诗歌里，塑造了一批侠骨柔肠的硬汉，他们有海盗、异教徒、被放逐者，他们大都是孤傲狂热、浪漫倔强的叛逆者，却充满了反抗精神。由于这些形象具有作者本人的思想性格特征，因此被文学史上称为"拜伦式英雄"，这些英雄们揭露了社会中黑暗、丑恶、虚伪的一面，奏响了为自由、幸福和解放而斗争的战歌。

唐璜在海上遇到风暴

天才的预言家雪莱

雪莱和拜伦是人类诗歌艺术史上两座并立的高峰，他们的创作成就与壮丽人生，在当时和对后世都产生了巨大的冲击与深远的影响。

叛逆的天才诗人

珀西·比希·雪莱是英国著名作家、浪漫主义诗人，1792 年出生于英国乡间地主家庭，父亲是个富有但浅薄的爵士。不过他的家族传统中有比如私奔之类的反叛性。母亲的美全郡闻名，但她更喜欢强悍的男性，而长子雪莱却外表羸弱，所以母亲对他很冷淡。

18 岁时，雪莱进入牛津大学，第二年因发表《无神论的必然性》小册子被牛津大学开除。于是，父亲停止给他钱，他只得暂时住在伦敦，不久与妹妹 16 岁的朋友私奔爱丁堡，并结婚，后来到都柏林参加爱尔兰人民的民族独立运动。

1813 年，雪莱发表第一部长诗《麦布女王》，抨击封建制度的专横无道和英国资本主义制度的剥削，引起了英国资本主义阶级的仇视，再加上患了肺病，雪莱在 1818 年永远离开英国，前往意大利。

在意大利，雪莱进入不可思议的创作黄金时代，两年内发表长诗《伊斯兰的起义》、诗剧《解放了的普罗米修斯》、诗体悲剧《钦契》和政治抒情诗《致英国人之歌》《西风颂》《暴政的假面游行》等名篇，强烈谴责封建统治集团的罪行，号召人民为自由而斗争。

1822 年 7 月 8 日，雪莱驾帆船出海，暴风突起，舟沉而死，年仅 29 岁。

充满斗志的不朽诗篇

雪莱在短暂的人生中，以极大的创作激情，写出了很多充满斗志的优秀抒情诗，著名的有《致英国人之歌》《西风颂》《解放了的普罗米修斯》等。

雪莱画像

在《致英国人之歌》中,诗人强烈批判了英国统治阶级,指出他们是寄生虫,号召人民拿起武器保卫自己。《西风颂》歌颂了欧洲各国波澜壮阔的工人运动和革命斗争。诗剧《解放了的普罗米修斯》通过以普罗米修斯为代表的革命者和以天神朱比特为代表的统治者之间的斗争,预示了革命即将到来,并肯定取得胜利。雪莱因此被恩格斯称为"天才的预言家"。

在艺术上,雪莱的诗也有很高的成就,他崇尚大自然,善于把自然人格化、精灵化,千年沉睡的山川、树林、鸟雀,突然间变得充满了生命的活力,仿佛成了人,有着强烈的幻想性。在描写大自然的力量和变化的同时,这些人格化的大自然中站起来的个性解放的"人",成为了大自然的灵魂,寄托着对光明、自由的追求。

雪莱的作品手法自由,比喻奇妙无穷,语言具有音乐的韵律性,构成了雪莱抒情诗复杂多变的艺术风格。

浪漫主义文学大师雨果

　　1827 年，雨果发表剧本《克伦威尔》及其序言。剧本虽未能演出，序言却被认为是法国浪漫主义的宣言，它对法国浪漫主义文学的发展起到了巨大的推动作用。

永远的人道主义者

　　维克多·雨果是法国 19 世纪的伟大作家，1802 年生于法国南部的贝尚松城，父亲曾被拿破仑的哥哥西班牙王授予将军军衔。雨果天资聪慧，少年时期即热爱文学，9 岁就开始写诗。

《巴黎圣母院》电影剧照

　　1827 年，雨果为自己的剧本《克伦威尔》写了长篇序言，即浪漫派文艺宣言。1830 年，他的剧本《欧那尼》在法兰西大剧院上演，产生了巨大的影响。1831 年发表的《巴黎圣母院》是雨果最富有浪漫主义的小说，突出了反封建的主题。

　　"七月革命"之后，1841 年雨果在"七月王朝"拉拢下被选入法兰西学士院，并被封为法兰西贵族世卿，还当上了贵族院议员。这时雨果的斗争热情稍减，其间他只写了一个神秘主义剧本《卫戍官》，上演后遭到了失败。雨果为此沉默了将近 10 年没有写作。

　　"七月王朝"被推翻后，大资产阶级阴谋消灭共和国，这时雨果变成了一个坚定的共和主义者。路易·波拿巴发动政变，雨果加入共和党人组织的反政变起义。起义被镇压后，雨果被迫流亡国外达 19 年之久。流亡期间，雨果以文学创作，写政治讽刺小册子和政治讽刺诗来猛烈抨击拿破仑三世的独裁统治。同时先后发表了长篇小说《悲惨世界》《海上劳工》和《笑面人》。

1870 年 3 月，拿破仑三世垮台后，雨果回到巴黎，受到巴黎人民的热烈欢迎。普法战争爆发后，法国兵败色当，普鲁士大军直逼巴黎。雨果以激昂的爱国主义热情投入斗争，他发表演说鼓舞人民斗志，并报名参加国民自卫军，还用他的著作和朗诵诗歌得来的报酬买了两门大炮。

巴黎公社起义失败后，反动政府疯狂镇压公社社员，雨果愤怒地谴责反动派的暴行，公开登报宣称，自己在比利时首都布鲁塞尔的住宅，就是流亡社员的避难所。为此，雨果的家遭到数次袭击，他自己也险些被袭丧命，但他仍毫不退缩，创作不辍，在生命的最后 10 年完成《凶年集》《九三年》《历代传说》等。

1885 年 5 月 22 日，雨果与世长辞，终年 83 岁。

浪漫主义文学的里程碑之作

雨果的小说是人道主义的教科书，是浪漫主义精神的集中体现。从雨果的创作历程来看，他的早期创作先受消极浪漫主义的影响，后来逐渐摆脱，转向了民主主义，并举起了积极浪漫主义的大旗。

雨果的代表作《巴黎圣母院》《悲惨世界》等一直受到全世界人民的欢迎。《巴黎圣母院》是雨果将浪漫主义和现实主义进行结合的典范，充满了反封建、反教权和反社会黑暗的浪漫主义战斗精神。《悲惨世界》是一部十分典型的浪漫主义小说，它拓展了雨果的仁爱至上和人道主义主题，描写了下层人民的痛苦命运，全面反映了 19 世纪前半期法国的社会政治生活，揭露了贫富悬殊造成的资本主义社会的尖锐矛盾，猛烈抨击了资产阶级法律的虚伪，提出了当时社会的三个迫切问题："贫穷使男子潦倒，饥饿使妇女堕落，黑暗使儿童羸弱。"

雨果的作品均有着结构宏大、壮阔雄伟、全面兼顾的特点，善于巧妙地结合现实主义和浪漫主义两种方法。在语言方面，他往往出人意料地运用形容语，或将具体的形容词与抽象的名词相结合，或用其反义，使形容词具有了新的含义，由此产生新的双字和闻所未闻的连接。

雨果的创作是他关于对比的美学见解的实践，他喜欢显著的对比，因此在情节设置和人物刻画上，善长运用夸张手法。矛盾一个紧接一个而来，又充分运用巧合、偶遇等手法，曲折有致，引人入胜。他的主人公或有极其英雄之举，或残暴、卑劣到了极点，这些性格特点都经过了夸张。同时，雨果熔各种浪漫主义手法为一炉，有时运用现实主义和浪漫主义两种方法塑造一个典型人物。

雨果是法国浪漫主义文学运动的领袖，是法国19世纪最重要的浪漫主义诗人、剧作家和小说家，在法国及世界有着广泛的影响力。

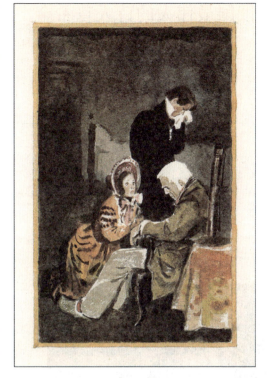

《悲惨世界》插图

俄国最伟大的诗人普希金

俄国由于 1812 年反拿破仑侵略胜利和 1825 年的十二月党人起义，出现了浪漫主义文学，是以诗歌为主，这为俄国文学的繁荣打下了基础。普希金是这一时期的代表。

俄国文学之父

亚历山大·谢尔盖耶维奇·普希金是俄国著名的文学家，1799 年出生于莫斯科一个家道中落的贵族家庭。伯父是著名诗人，父母也爱好文学。普希金自幼熟读古典著作，7 岁就能够写诗。他 12 岁进入彼得堡贵族高级法政学校，受到法国启蒙思想的影响，正式开始了文学创作生涯；还在"十二月党人"的秘密集会上朗读自己的诗作，得到了广泛的赞赏。

从学校毕业后，普希金在外交部任职，同时参加了与"十二月党人"联系密切的团体活动，写出《自由颂》等许多反对农奴制的诗歌，引起了沙皇政府的不安，1820 年他被流放到南部任职。之后 4 年中，他先后写下《短剑》《致大海》等名篇，还有包括《高加索的俘虏》《强盗兄弟》等叙事长诗在内的"南方诗篇"。

1830 年秋，普希金在父亲的

普希金画像

《上尉的女儿》剧照

领地度过了 3 个月，这是他一生创作的丰收时期，完成了 8 年前就开始动笔的诗体小说《叶甫盖尼·奥涅金》，还有 4 部诗体小说，以及近 30 首抒情诗。

1831 年普希金迁居彼得堡，仍任职于外交部门。他继续创作了许多作品，主要有叙事长诗《青铜骑士》，童话诗《渔夫和金鱼的故事》，短篇小说《黑桃皇后》等。他还写了两部有关农民问题的小说《杜布洛夫斯基》《上尉的女儿》，并于 1836 年创办了影响到俄罗斯此后一个世纪的进步文学杂志《现代人》。

由于普希金的进步思想威胁着沙皇的统治，统治集团阴谋挑起法国公使男爵与普希金决斗。1837 年 1 月 27 日，普希金在决斗中身负重伤，两天后不治去世，年仅 38 岁。

俄罗斯生活的百科全书

普希金是 19 世纪俄国浪漫主义文学主要代表，他的作品广阔地反映了 19 世纪 20 年代俄国在沙皇政府统治下社会生活的真实图景，因此被称为"俄罗斯生活的百科全书"。代表作有诗歌《假如生活欺骗了你》、诗体小说《叶甫盖尼·奥涅金》、小说《黑桃皇后》等。这些作品集中反映了俄国民族意识的高涨，真切地表现了俄国青年的觉醒和对自由、对生活的热爱。

在艺术上，普希金的文学作品，标志着现实主义潮流在俄国的出现。他把文学和先进的思想、解放运动结合起来，浪漫主义和现实主义并存，使作品具有充实的思想内容和社会意义，奠定了俄国现实主义文学的基础，把俄国文学引上了真正民族化的道路。别林斯基就曾经指出："只有从普希金起，才开始有了俄罗斯文学。"

普希金在诗歌和小说中，塑造了众多典型化的人物形象，如"多余的人""金钱骑士""小人物"都成了之后许多文学作品中所借鉴的代名词。另外那些农民运动领袖等，也给人们留下了深刻的印象。因此冈察洛夫称："普希金是俄罗斯艺术之父和始祖，正像罗蒙诺索夫是俄罗斯科学之父一样。"

普希金作品结构精巧、语言朴素优美,他创建了俄罗斯文学语言,确立了俄罗斯语言规范,这是他对俄国文学的重大贡献。按照屠格涅夫的说法,普希金不但创造了俄罗斯语言,还创造了俄罗斯文学,而这两项重大的工作在其他民族需要几代人用几百年甚至更多的时间才能够完成。

普希金的作品,以其崇高的思想性和完美的艺术性,开创了俄国文学的新时代,被称为俄罗斯浪漫主义的杰出代表和现实主义文学的奠基人,并且在世界文学史上也有着重要的地位。

批判现实主义作品《红与黑》

　　1830 年，法国作家司汤达的长篇小说《红与黑》问世，它是 19 世纪欧洲批判社会现实的奠基作品，也是法国批判社会现实的第一部杰出作品，公认是世界文学史的经典。

法国批判现实文学奠基人

　　司汤达本名马里－亨利·贝尔，19 世纪法国杰出的批判现实主义作家。1783 年生于法国格勒诺布勒城的一个资产阶级家庭。父亲是个律师，信仰宗教，思想保守。由于母亲早丧，司汤达受到父亲顽固的宗教束缚和专横压制，因此思想叛逆。

　　1799 年，司汤达以优异成绩从当地的中心学校毕业，只身来到巴黎，在军部谋到一个职务。从此，他跟随拿破仑的远征大军，参加了著名的马伦哥战役，并先后在米兰兵站、骑兵部队任过军曹、少尉和副官。6 月初入米兰，9 月 23 日被任命为第六龙骑兵少尉。

司汤达画像

　　1814 年拿破仑垮台、波旁王朝复辟后，司汤达辞去军职，并迁往意大利米兰定居，他读书、旅行、研究意大利的音乐和美术，与意大利民族解放组织烧炭党人有所交往，并开始练习写作。1815 年，写出了第一部作品《音乐家传记》问世，两年后又使用笔名 M.B.A.A 发表了《意大利绘画史》；不久，他首次用"司汤达"这个笔名发表了游记《罗马、那不勒斯

和佛罗伦萨》。

1821 年，烧炭党人的起义遭到意大利政府镇压，司汤达作为烧炭党人的同情者被驱逐出境，回到巴黎。在巴黎他一面写作，一面认真观察复辟时期的社会生活，对自己时代的矛盾有了深刻的认识，陆续发表了许多文论。此后，他开始转入小说创作，出版了《罗西尼传》。1829 年，他终于写出了深刻反映七月革命前的法国社会现实的长篇小说《红与黑》，使他成为 19 世纪杰出的批判现实主义作家。

1842 年初，司汤达患中风在巴黎去世。

第一部批判现实主义文学杰作

司汤达的一生不到 60 年，并且在文学上的起步很晚，30 多岁才开始发表作品。然而，他却给人类留下了巨大的精神遗产，包括数部长篇、数十个短篇故事以及数百万字的文论、随笔和散文、游记。代表著作为《阿尔芒斯》《红与黑》《巴马修道院》，尤其《红与黑》，使他成为最重要和最早的现实主义的实践者之一。

小说《红与黑》以法国波旁复辟王朝的最后几年为背景，取材于 1827 年《司法公报》上一则情杀案件的真实故事。主人公于连·索瑞尔是一个锯木厂主的儿子，他怀有强烈的向上爬的个人野心，凭着能言善辩被市长聘请为家庭教师，却与市长夫人有了奸情。不料事情败露，他只得逃进了神学院。经神学院院长举荐，到巴黎给莫尔侯爵当私人秘书，很快得到赏识和重用。不久，他却又与侯爵的女儿有了私情。最后教会鼓动市长夫人写了一封揭发信，侯爵取消了女儿和他的婚约。于连一怒之下开枪击伤市长夫人，因而被送上了断头台。

这部小说是19世纪法国批判现实主义文学奠基作。虽然以于连的爱情生活作为主线，但司汤达有意识地将这个自称"平民英雄"的野心家妄图利用爱情攀上高枝的小故事，发展成为具有鲜明政治色彩的作品，描绘了"19世纪最初30年间压在法国人民头上的历届政府所带来的社会风气"，包含着深刻的社会内容，强烈地抨击了贵族的反动、教会的黑暗和资产阶级新贵族的卑鄙庸俗。因此它绝非爱情小说，而是一部"政治小说"。

司汤达在《红与黑》中通过将人物活动与心理描写相结合，塑造出典型的人物形象，表现出卓越的心理描写的天才。他所刻画的心理活动，都不与现实生活相脱离，不是为了写作而加以渲染，而是强调环境对人物的影响，典型环境中有典型人物，人物性格是在特定的环境和情势下一种必然的反应，当它又反射到生活场景中时，就使得作品更具有真实的和戏剧性的效果。同时，揭示人物动机与感情最微妙的阴影部分，使得其作品主人公更接近生活、更符合他们自己。

《叶甫盖尼·奥涅金》舞剧剧照

巴尔扎克创作《人间喜剧》

1829 年，法国作家巴尔扎克发表了《朱安党人》，从此揭开了《人间喜剧》的序幕。从 1829 年至 1835 年，是《人间喜剧》创作的第一阶段，随后转向描写当时生活和社会风俗。

文坛上的拿破仑

奥诺雷·德·巴尔扎克是著名的法国小说家，1799 年出生于法国中部图尔城中产者家庭，父亲是个商人，曾任文官。巴尔扎克出生不久便被送到图尔近郊由别人抚养，稍大一些入旺多姆教会学校寄读，过着极其严格的幽禁生活，回到家以后也得不到父母的宠爱，因此他对家庭和父母由冷淡发展到憎恨，只能在书籍的王国里才能找到乐趣。

1820 年，他写成以 17 世纪资产阶级革命为题材的 5 幕诗体悲剧《克伦威尔》，但却遭到失败。之后，他曾一度弃文从商和经营企业，都没成功，且因此欠下巨债；沉重的债务令他的经商之梦成为永远，但是却获得了无比丰厚的创作素材。他并未消沉，要使自己在文学上获得成功，还在书房中布置了一座拿破仑像，并写下激励自己一生的座右铭："我要用笔完成他用剑所未能完成的事业。"

1829 年 3 月，巴尔扎克的历史小说《朱安党人》问世，这是他第一部重要作品，显示出伟大小说家的才华，也标志着他从此走向批判现实主义。此后 3 年中，他又接连创作了 17 个中短篇小说。

从 30 年代至 40 年代，是巴尔扎克创作最丰盛的时期，他写出了 91 部作品，合称《人间喜剧》，其中包括著名的《高老头》《欧也妮·葛郎台》，使他无可争议地被列入世界文学史一流作家之林。

由于长年累月勤奋写作，过度的劳累加上恶劣的环境，过早地使巴尔扎克失去了健康。1850 年 8 月，他因心脏病死于巴黎，刚刚 52 岁。

永唱不衰的《人间喜剧》

巴尔扎克以自己的不懈创作和非凡成就，完成了他成为"文学上的拿破仑"的理想。自1841年，巴尔扎克制订了一个宏伟的创作计划，决定写137部小说，分风俗研究、哲理研究、分析研究三大部分，写出一部法国的社会风俗史，总名字叫《人间喜剧》。到他1850年逝世时，《人间喜剧》已完成了91部。这些小说中最有名的就是《欧也妮·葛朗台》和《高老头》。

长篇小说《高老头》在《人间喜剧》中占有十分重要的地位。《人间喜剧》的许多重要角色，在这部小说里已经出现，因此它可以从人物体系上说是《人间喜剧》的序幕。小说叙述的是复辟王朝时期一个青年大学生在巴黎资产阶级社会影响下，逐步走向腐化堕落的故事，深刻地表现了资产阶级的金钱对社会的腐蚀作用，被誉为"法国社会的一面镜子"。

另一代表作《欧也妮·葛朗台》以贪婪、吝啬的老头葛朗台的家庭生活为主线，以欧也妮的婚姻为中心事件，层层描绘了各种场景，通过讲述葛朗台如何进行剥削活动，并因此毁掉了女儿的一生幸福，深刻反映了资产阶级残酷的发家史。

在这两部不朽的经典小说中，巴尔扎克确立了通过生活环境来塑造人物性格这一现实主义基本原则。虽然他一直强调"欲念"是人的基本要素，但他又深信人是环境的产物，总是把体现某一"欲念"的人物性格放在一定

《欧也妮·葛朗台》
插图

的生活环境中来研究它的具体发展过程，从不孤立起来描写它。

因此，巴尔扎克小说里的中心人物乃至一些次要人物，都极为鲜明突出。比如葛朗台这一形象，具有高度的概括性，它已成为一切吝啬鬼的代称，成为世界文学中千古不朽的典型形象；查理则体现了资产阶级暴发户虚伪狠毒、荒淫无耻的特征；吕西安则是心地淳朴的发明家的典型；高老头则是被信奉资产阶级金钱至上哲学的女儿抛弃的悲剧人物，等等。

巴尔扎克是欧洲批判现实主义文学的奠基人和杰出代表，100多年来，他的作品传遍了全世界，对世界文学的发展和人类进步产生了巨大的影响。

法国文坛双杰：大小仲马

大仲马和小仲马是父子，都是法国 19 世纪的作家，为了区别，人们把父亲称为大仲马，儿子称为小仲马。"大小仲马"构成了世界文学史上罕见的"父子双璧"的奇观。

大仲马

大仲马 1802 年出生于一个将军家庭，父母早丧，生活贫困。出于对戏剧事业的向往，21 岁来到巴黎，在公证人事务所做了一名见习生。从 1825 年开始创作剧本，23 岁发表著名戏剧《亨利三世及其宫廷》，这部处女作赢得法兰西剧坛的一片喝彩声。在巴黎大剧院上演时，雨果和众多的浪漫派作家前往剧场观赏，并认为这是浪漫派的一个不小的胜利。

随后两年，大仲马曾参军入伍，但由于他激进的共和观点而被当局列入准备逮捕的黑名单，只得逃出国门到处漂泊。在随后直至 19 世纪 40 年代中期以前，独自或与人合作写出了大量剧本。1840 年归国后，大仲马开始和别人合作，为报刊撰写连载小说。1844 年，发表著名的三部曲《三个火枪手》《玛尔戈王后》《二十年后》等，成为当时法国戏坛上的骄子。一生写过近百部小说，还写过一些历史故事。1870 年逝世。

大仲马是法国 19 世纪浪漫主义文学阵营中最杰出的通俗历史叙事小说作家。在他 40 多年的文学创作生涯中，创作了大量的通俗历史叙事小说，《基督山伯爵》是最具代表性的作品。据统计纯文学作品有小说 150 部，共 300 本；戏剧 25 本，其中包括 57 出正剧、3 出悲剧、23 出喜剧、4 出歌舞剧和 3 出喜歌剧。

大仲马历史叙事小说的显著特色，是以历史上的真实事件和人物作为叙述的对象，同时加入自己的虚构和想象，让虚构的英雄纵横驰骋于真实的历史事件中，从而达到真假难辨的效果。在真实的历史背景下，即使时间跨度较长，有众多的真实或虚构的人物一同出场，但在叙事脉络上也显得有

《三个火枪手》剧照

条不紊。

另外，大仲马的小说中鼓荡着浓烈的英雄之气。小说中的英雄形象大都有勇有谋，具有不同凡响的举动和令人骇然叹服的魄力，即使面临复杂的政治斗争，他们仍保持着自己的特性。

在结构上，大仲马几乎不用单纯的叙述，而是用对话来交代历史背景、主人公的身世和故事的发展。他小说中多数对话都十分简短有力，有极强的节奏感。

小仲马

小仲马是大仲马任奥尔良公爵秘书处抄写员时，与一个女裁缝所生的私生子。他7岁之前母子俩都不被父亲承认，从小受社会歧视和侮辱，因而成年后痛感社会的淫靡之风造成许多像他们母子这样的受害者。他思想敏锐，观察问题深刻，决心通过自己的文学创作，来改变社会道德。

1848年，24岁的小仲马根据自己的爱情经历，写出了他的成名作《茶花女》。获得成功后，他又进一步改编成了话剧，被视为法国现实主义戏剧开端的标志。1874年，小仲马入法兰西学士院。1895年去世。

小仲马是法国由浪漫主义向现实主义过渡期间的重要作家，一生创作不辍，除成名小说《茶花女》外，其他比较有名的作品有剧本《私生子》《金钱问题》《放荡的父亲》《半上流社会》《福朗西雍》等。

《茶花女》是发生在小仲马身边的一个故事。小仲马20岁时，与巴黎名妓玛丽一见钟情。但玛丽为了生存，只得同阔佬们保持关系。小仲马一气之下出国旅行。1847年小仲马回归法国，得知玛丽已经去世，她病重时，昔日的追求者都弃她而去。现实生活的悲剧使小仲马深受震撼，他满怀悔恨与思念，用一年时间写下了这部凝集着永恒爱情的《茶花女》。只是小说中把男女主人公名字改成了阿芒和玛格丽特。

在艺术手法上，《茶花女》采用了三个第一人称的叙述法，以"我"对玛

格丽特的生平事迹进行采访着笔，以阿芒的自我回忆为中心内容，以玛格丽特临终的书信作结。三个人的叙述，串连出茶花女的全部辛酸经历，真实感很强，很易激发读者的共鸣。

《茶花女》富有生活气息，感情真切自然，语言通俗流畅。小说中塑造了一些生动、鲜明的艺术形象，如玛格丽特的美丽纯洁、善良无私；阿芒的忠于爱情但冲动嫉妒；杜瓦尔的自私伪善、满腹偏见等。

具有划时代意义的小说《包法利夫人》

1856 年 4 月，福楼拜的《包法利夫人》问世，这引起了轩然大波。许多人对号入座，批评福楼拜这部书"破坏社会道德和宗教"，有人告他"有伤风化"，他还被法院传了去。

语言艺术大师

居斯塔夫·福楼拜是法国著名作家。1821 年出生于法国卢昂一个传统医生家庭。父亲才智出众，医术高超，曾任市立医院院长 30 年。福楼拜自幼喜欢文学，中学时就创办了一本手抄本的杂志。中学毕业后去巴黎攻读法律，但他把大量精力用在阅读文学作品和结交文人学士上。因癫痫病发作不得不返乡治疗，从此永远告别了法律。

父亲过世后，福楼拜分到不少遗产，同母亲以及外甥女一道住在卢昂市郊的别墅，终身未娶，生活稳定，专心从事写作。

福楼拜除了为创作的需要去收集素材外极少进行社交和旅游，但他与作家杜冈、诗人布耶以及乔治·桑、左拉、莫泊桑等交情很好。尤其他对莫泊桑的教导，更是文坛的一段佳话。

在创作上，由于癫痫病人比较敏感，并且具有悲观主义倾向，小说多以悲剧结局。主要作品有代表作《包法利夫人》和《情感教育》《圣安东的诱惑》《纯朴的心》等。这些作品具有现实主义和现代浪漫主义的特点，并且以其细腻的语言特色，被誉为"语言艺术大师"。

1880 年，福楼拜因中风去世，终年 59 岁。

一部"最完美的小说"

长篇小说《包法利夫人》是福楼拜的代表作，写的是法国内地一个富裕农民的女儿爱玛悲剧的一生。受过贵族教育的爱玛，瞧不起当乡镇医生的丈夫包法利，梦想着传奇式的爱情。但她经过两度偷情后，非但没有过上她所理想的幸福生活，却使她自己成为高利贷者盘剥的对象。最后她负债累累，走投无路，只好服毒自尽。

《包法利夫人》是19世纪中叶法国社会的一幅现实主义画卷。福楼拜以貌似冷漠的态度，真实客观地揭示了酿成这一悲剧的前因后果，对形形色色的资产阶级人物作了淋漓尽致的揭露，陈述了社会所不能推卸的责任。爱玛的死不仅仅是她自身的悲剧，更是那个时代的悲剧。同时对法国资本主义的"经济繁荣"进行了辛辣的嘲讽。

《包法利夫人》插图

《包法利夫人》的出现是具有划时代意义的。故事很简单，没有浪漫派小说曲折离奇的情节，但是福楼拜的笔触感知到的，是其他作家尚未涉及的敏感区域。他用细腻的笔触，塑造出爱玛的爱慕虚荣，反映出她情感堕落的过程。而以药剂师奥梅为代表的所谓自由资产者打着科学的旗号，欺世盗名；另外还刻画出小市民的鄙俗、猥琐，真实地再现了资本主义发展初期在表面繁荣掩盖下的残酷现实。

《包法利夫人》在法国文坛产生了革命性的后果，《包法利夫人》问世以后，小说家都知道即使是小说，也要精雕细琢。从这个意义上说，它的艺术形式成为近代小说从浪漫主义转向现实主义的标志，因此被誉为"新艺术的法典"，一部"最完美的小说"。

世纪伟大小说家狄更斯

1859 年，英国的狄更斯出版了《双城记》。狄更斯很早就对法国大革命极为关注，对当时英国潜伏着的严重社会危机非常担忧，于是写下这部小说，表达自己对英国社会的关注。

英国写实主义大师

查尔斯·约翰·赫芬姆·狄更斯是 19 世纪英国最伟大的作家。1812 年出生于朴次茅斯一个海军小职员家庭，12 岁那年，他的父亲因负债而被关进拘留所，他也被迫辍学，在一家皮鞋油公司当了一名学徒，亲身经历过挨饿受冻的日子，在狄更斯幼小的心灵上留下了深深的伤痕。

15 岁时，狄更斯到一家律师事务所当缮写员，接触了许多诉讼案件和社会上的各种人物。他靠自学获得了广博的知识，于 1831 年成为一名报社记者，经常奔走于城乡之间，对英国社会有了更广泛的了解。1833 年开始发表特写，并创作了许多短篇小说。

1836 年，狄更斯发表了处女作——特写集《波兹札记》，次年第一部长篇小说《匹克威克外传》在报纸上连载，从此成名，陆续写出了《奥利弗尔·退斯特》等多部长篇小说。此后，狄更斯应邀访问了美国，感知到了美国奴隶制度和虚伪的民主制度。

1844 年起，狄更斯长期侨居欧洲各国，先后写出了《老古玩店》《圣诞欢歌》《董贝父子》和《大卫·科波菲尔》等著名小说。1849 年开始主办报刊，积极宣传自己的政治观点。此外，他还创办过业余剧团。

进入 19 世纪 50 年代，狄更斯的创作进入高峰期，写出了《荒凉山庄》《艰难时世》《双城记》《远大前程》等长篇小说，真实地反映了现实生活，被誉为"写实主义大师"。

在晚年，狄更斯喜欢把自己的作品朗诵给群众听，成为英国最受群众欢迎的伟大作家。但是，由于常年的辛勤写作，狄更斯的健康损坏严重，患

了轻度中风，但他仍然坚持写作，1870 年 6 月 9 日，在写作小说《艾德温·德鲁德之谜》时猝然离世。

开创英国 19 世纪小说的繁荣时期

狄更斯在他多年的写作生涯中，共创作了 15 部长篇小说和许多中短篇小说，以及散文、剧作、游记等，影响遍及欧美以及世界各国，成为 19 世纪英国最受欢迎的作家，被后世奉为"召唤人们回到欢笑和仁爱中来的明灯"。

狄更斯的成名作《匹克威克外传》是英国批判现实主义文学的奠基之作，通过匹克威克及其三位朋友外出旅行途中的一系列遭遇，反映了英国城乡的社会风貌和风土人情，也描绘了作者向往的"古老而美好的英格兰"。

《匹克威克外传》以其情节生动曲折、语言幽默风趣而著称。其中既有妙趣横生的民间故事，又有辛辣的政治讽刺；既对上层社会的虚伪庸俗进行了猛烈的抨击，又对下层的穷苦百姓表现出深切的同情。风格上幽默多于讽刺，幻想和乐观的色彩较浓。

狄更斯的小说创作既贴近生活，又有浓郁的浪漫色彩，总体上说，他的故事波澜起伏，结构巧妙，层层设疑，环环相扣，情景交融。他在作品中塑

《匹克威克外传》插图　造了众多的人物形象，性格真实生动。他以生动的细节描写、妙趣横生的幽默和细致入微的心理刻画，真实地反映了英国 19 世纪的社会风貌，具有巨大的艺术感染力和认识价值。

侦探小说鼻祖柯南·道尔

　　《福尔摩斯探案全集》被翻译成多种文字，风行全世界。正如小说家毛姆所说："和柯南·道尔所写的《福尔摩斯探案全集》相比，没有任何侦探小说曾享有那么大的声誉。"

英国侦探小说之父

　　阿瑟·伊格纳修斯·柯南·道尔是英国杰出的侦探小说家和剧作家。1859 年出生于英国北部苏格兰首府爱丁堡，9 岁时就被送入耶稣预备学校学习，在 1875 年离校时对天主教产生厌恶情绪，成为一名不可知论者。

　　1876 年，柯南·道尔进入爱丁堡大学学医，1881 年毕业后，曾担任轮船的医生前往西非海岸，一年后回国，在普利茅斯行医，但却不太顺利。于是开始写作，后来移居南海城，发表第一部侦探小说《血字的研究》，小说的主角就是之后名声大噪的夏洛克·福尔摩斯。

柯南·道尔画像

　　1890 年，柯南·道尔到维也纳学习眼科，一年后回到伦敦成为一名眼科医生，有更多的时间写作。1893年写出《最后一案》，由于他在最后让福尔摩斯和他的死敌莫里亚蒂教授一起葬身莱辛巴赫瀑布，令读者非常不满，经常去他家干砸玻璃的一类事。柯南·道尔不得不让福尔摩斯重新"复活"，在 1903 年道尔发表了

《福尔摩斯探案全集》插图

《空屋》，使福尔摩斯死里逃生。此后，继续由他衍生出一系列的侦探故事，因此柯南·道尔被誉为"英国侦探小说之父"。

19世纪末，英国在南非的布尔战争遭到了全世界的谴责，柯南·道尔为此写了《在南非的战争：起源与行为》的小册子为英国辩护。这本书被翻译成多种文字发行，影响很大。他还曾以军医身份亲自到南非参与布尔战争，因在野战医院表现出色，1902年获封爵士。

1930年7月7日，柯南·道尔去世，享年72岁。

永远的侦探传奇经典

柯南·道尔一生的文学创作，可以说都奉献给了传奇侦探福尔摩斯了，他一共写了60个关于福尔摩斯的故事，堪称侦探悬疑小说的鼻祖。其中最著名的如《血字的研究》《四个签名》《巴斯克维尔的猎犬》《恐怖山谷》等。

在这一系列小说中，柯南·道尔在叙述上采用了不同的视角，其中有两部是以福尔摩斯第一口吻写成，还有两个以第三人称写成，其余都是华生的叙述。以起伏跌宕的结构、离奇的情节、扣人的悬念和合乎逻辑的推理引人入胜，案件的结果则更使人惊叹不已。

同时，他成功地塑造了福尔摩斯这个世界上最聪明的侦探形象，他能侦破人间最诡秘的案件，让罪犯无处藏身，成为"神探"的代名词。他具有广博的学识和丰富的经验，这帮助他在破案过程中大胆联想、小心求证，他破案的方法和推理的严密正确尤其令人着迷。

　　柯南·道尔擅长对案情推理细节的描写，语言严谨而文雅，这使得福尔摩斯的真实可信度大大增强，仿佛他真的就是一位生活在我们身边的活生生的智慧侦探，导致人们都坚信确实有这样一位伟大侦探存在，并在时时刻刻寻找他。即便是没有看过侦探小说的人，也都知道福尔摩斯这个人物！

萨克雷发表《名利场》

1847 年，英国人萨克雷开始创作长篇连载小说《名利场》，小说发表后立即引起轰动，被认为是英国文学的里程碑，是他生平著作里最经得起时间考验的杰作。

天才的小说家

威廉·梅克比斯·萨克雷是英国著名小说家，1811 年生于印度的加尔各答附近的阿里帕小镇，父亲是英国东印度公司的税收员兼行政官。萨克雷 5 岁时父亲去世，母亲改嫁，留给他一大笔遗产。6 岁时回到英国，从查特豪斯私立学校毕业后，进入剑桥大学。但当时，他想成为一名艺术家，因此在社会活动上成绩斐然，而学术上却平平庸庸，只上了一年就中途离校去德国的魏玛游学，结识了歌德等名人。

再次回到伦敦，他听从家人建议改学法律，但一年后又感觉没有兴趣而放弃了，并前往巴黎专攻美术，但因印度银行破产，他的财产全部化为乌有，只得半途而废，在伦敦《立宪报》驻巴黎站当了一名记者，不久《立宪报》停刊，他又回国，立志以写作为生。

自 1833 年起，萨克雷在报纸杂志上发表了很多文章，也出了好几本文集，虽也颇得好评，但影响不大。1847 年，萨克雷开始连载长篇小说《名利场》，立即引起轰动，被认为是英国文学的一个里程碑，同时也被誉为"天才的小说家"。

为了使病妻弱女生活得好一点，萨克雷发愤写作，并自绘插图，不停地发表作品，同时还在英国各地和美国演说、讲学。1859 年，他出任新创刊的《康希尔杂志》首位主编。

但是，长年的劳累，终于使他积劳成疾，1863 年圣诞节前夕，因心脏病发作在伦敦去世，年仅 53 岁。

英国工业资本主义社会的严厉法官

《名利场》插图

19 世纪时，英国小说发展到了高峰时期，萨克雷就是其中重要代表，他的《名利场》《亨利·埃斯蒙德》《纽克姆一家》《弗吉尼亚人》等多部小说，对当时的英国社会出现的各种投机冒险行为，以及金钱关系、势利风尚进行了极深刻的揭露。其中以特写集《势利人脸谱》和代表作长篇小说最为有名。另外萨克雷还创作出了大量的诗歌、散文和小品。

长篇小说《名利场》副标题是《没有正面主人公的小说》，讲的是两个女孩的命运，这两个女孩本是同学和好友：一个是富有的资产阶级小姐爱米丽娅·赛特笠，她纯洁善良、道德高尚，一直热爱着自己的丈夫，甚至丈夫死后仍坚守妇道，直到 15 年后，遇到了另一位真爱她的人，才再次结婚。另一个是出身贫寒的蓓基·夏泼，她漂亮聪明、活泼大胆，想凭借自己的美貌，在上流社会里取得一个稳固的地位；她虽利用一切手段，但她的出身和贫寒，始终被门禁森严的上流社会所阻碍，结果沦为男性的玩物。萨克雷以这两个女孩的不同遭遇和结局为主线，描述出与之相关的各式各样势利者，揭露了封建贵族和资产阶级社会中的利害关系，批判了当时腐朽堕落的社会风尚。

这部作品的主要成就，就在于塑造了一个小资产阶级冒险家的典型，并穿插着许多与情节无关的议论，深入剖析了主要人物阴暗的心理活动。同时萨克雷以英国有教养的绅士所特有的机智幽默甚至玩世不恭的态度，善于运用讽刺的手法，无情地展示生活的真实。

勃朗特三姐妹

19 世纪是真正意义上的西方女性文学产生的时期。从某种意义上说，这是一个女性想象力得以驰骋的黄金时代也是西方历史上一个重要的文化转型时期。

西方迅速崛起的女性文学

19 世纪是西方历史上一个重要的文化转型时期。在这个世纪，不仅妇女生活状况有了前所未有的变化，相继取得了选举权、财产权、离婚后孩子的监护权，而且可以接受高等教育，从事医生、护士、律师、记者等职业，组织贸易会，创办企业，取得多种显耀成就。因此，女性文学传统也得到前所未有的加强，可以说是一个女性想象力得以驰骋的黄金时代，由此产生了真正意义上的女性文学。

在当时，女性作家人数剧增，涌现出了一批才华出众、卓尔不群的女作家和许多经典作品。如被伍尔芙称为"英国最伟大的四位女作家"的简·奥斯丁、夏洛蒂·勃朗特、艾米莉·勃朗特和安妮·勃朗特，尤其是勃朗特三姐妹占据了英国文学名人史中的三个席位,恐怕连众多男性作家都自叹弗如。

勃朗特三姐妹

勃朗特三姐妹是英国家喻户晓的作家，她们出生在英国北部约克郡哈沃斯山村的穷牧师家庭。夏洛蒂有两个姐姐、一个弟弟勃兰威尔和两个妹妹艾米莉、安妮。在他们幼年时，母亲就因肺癌去世，家庭的重担使父亲变得异常暴躁。好在他是剑桥毕业生，学识渊博，常常教子女读书，给他们讲故事，这使得他们在母亲去世后能得到一点乐趣，同时让夏洛蒂和两个妹妹从小就对文学产生了浓厚的兴趣。

1825 年，姐妹们在附近的一所寄宿学校读书，一年后，两个姐姐被感染了流行性伤寒，回家没几天就去世了。之后，父亲不再让孩子们上学，自己教他们读了许多有趣的书，还激发他们丰富的想象力，编出许多迷人离奇的故事和小剧。

1831年，15岁的夏洛蒂到伍勒小姐创办的学校学习了一年。几年后，为了攒够弟弟进入皇家学院学习的学费，她又在学校当了一名教师，其间写了几首诗歌，寄给当时的著名诗人骚塞，却遭到他"女人没有文学的天赋"的讥讽。逆境反而激发了夏洛蒂的创作热情，而曾两次到富人家里当家庭教师的经历，也使她感受到了屈辱和不公。她鼓励两个妹妹，一定要写出伟大的作品，让世人看看女人到底有没有文学能力。

《简·爱》插图

1846年，夏洛蒂写成了长篇小说《教师》；艾米莉和安妮则分别写出《呼啸山庄》和《艾格尼斯·格雷》。她们把三部小说一起寄给出版商，不久收到回复：《呼啸山庄》和《艾格尼斯·格雷》已被接受，但《教师》将被退回。夏洛蒂又一次遭受打击，自尊的她憋着一股气，不到一年又写出了《简·爱》。出版商一见之下，认定它是一部杰作，决定马上出版。于是两个月后，《简·爱》就问世了，马上轰动一时。

但是，由于劳累和环境不佳，1848年，艾米莉和安妮在5个月内先后去世。夏洛蒂陷入极大的悲痛之中，出去旅行了一段时间，与萨克雷等名作家结识，心情稍解。

1854年，夏洛蒂终于与第四位向她求婚者成了亲，也成了姐妹6人中唯一结了婚的。可惜的是病魔袭来，1855年3月，已经怀有身孕的夏洛蒂离开了人间，年仅39岁。

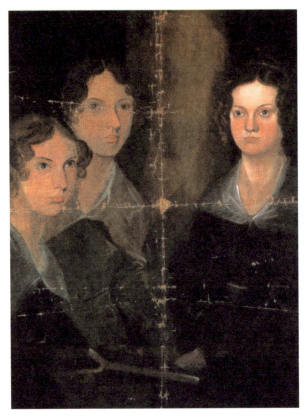

勃朗特三姐妹画像

三姐妹的优秀杰作

《简·爱》是夏洛蒂·勃朗特的代表作品,作者通过女主人公简·爱的个人奋斗,表现了妇女在冷酷的现实面前顽强不屈的反抗精神,成功塑造了一个敢于冲破年龄、门第和传统观念束缚,去追求真正爱情的女性形象,表达了对正义与幸福的向往,阐释"人的价值＝尊严＋爱"的主题。该书采用自叙和回忆的形式,使人有身临其境之感。

艾米莉·勃朗特的代表作《呼啸山庄》讲述了一个爱情的悲剧:吉卜赛弃儿希斯克列夫被山庄老主人收养后,因不甘受辱和恋爱受挫,外出致富,回来后对与恋人结婚的地主林顿及其子女进行报复。小说全面展示了一幅畸形社会的生活画面,被认为是英国小说史上最充满浪漫和怪诞色彩的作品。它控诉了冷酷的社会对人性的无情摧残,强烈地表现出反压迫、争自由的叛逆思想。

安妮·勃朗特的《爱格尼斯·格雷》是英国维多利亚朝一部很有深度的优秀的现实主义小说,安妮以第一人称叙述了年轻的阿格尼丝做家庭老师的经历,塑造出一个未经世事、追求完美,同时又力求自立自尊的新女性形象。

哈代发表悲剧小说《德伯家的苔丝》

1891 年，哈代发表了悲剧小说《德伯家的苔丝》，这是哈代著称于世的"威塞克斯系列"中的一部力作，不仅在英国，而且在世界范围，都受到广大读者的青睐。

横跨两个世纪的小说家

托马斯·哈代是英国横跨两个世纪的诗人、小说家，1840 年出生于英国西南部多塞特郡多切斯特的一个建筑师家庭。哈代自幼年时就深受酷爱文学的母亲的熏陶，8 岁在本村学校学习，1862 年前往伦敦，任建筑绘图员，并在伦敦大学进修语言，开始文学创作。1867 年因健康问题返回故乡，先当了几年建筑师，后专门从事文学创作。

1874 年哈代与爱玛·拉文纳结婚。在爱玛的鼓励下，连续创作了《绿林荫下》《一双湛蓝的秋波》《远离尘嚣》等文学作品。《远离尘嚣》一书以清新自然的风格和鲜明生动的人物形象获得极大成功，他从此放弃建筑行业，走上专业的创作道路，先后写出《卡斯特乔市长》《德伯家的苔丝》《还乡》《无名的裘德》等长篇小说。小说创作辍笔后，将早年诗作汇集成册，并继续诗歌及诗剧创作。

其间，哈代虽曾在婚后到欧洲大陆旅游，但绝大多数岁月都定居在多切斯特郊区，直至 1928 逝世。

英国悲观主义小说杰作

哈代的文学创作始于诗歌，后因成就不大，转而创作小说。从 1869 年至 19 世纪末近 30 年间，他共创作长篇小说 14 部、中短篇小说近 50 篇。他的小说大部分以故乡的自然环境为背景，并自己分为三类——传奇和幻想小说、机巧和实验小说、性格和环境小说。其中主要成就在第三类，大多以英国西南部农村为背景，因此哈代又称其为"威塞克斯小说"。如他的成名

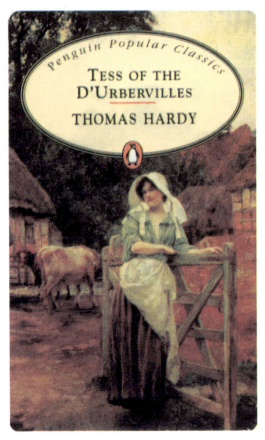

《德伯家的苔丝》插图

作《还乡》，以多塞特郡的爱格敦荒原为背景，突出了人物所处的严酷无情的自然环境。

哈代的小说，以悲剧故事《德伯家的苔丝》和《无名的裘德》最为杰出。

《德伯家的苔丝》描写了一位农村贫苦美丽的挤奶女工苔丝因年轻无知而失身于富家恶少亚雷·德伯，生了一个私生子。但社会上不仅不谴责亚雷，反而认为苔丝犯了罪过。她希望通过结婚改变命运，但又终被抛弃，在精神和物质上受尽了煎熬，在巨大的绝望之下，悲愤地杀死亚雷，坦然走上绞架。

哈代对苔丝的悲剧满怀同情，在小说的副标题中，称女主人公苔丝是"一个纯洁的女人"，因此她也是哈代塑造得最为出色的艺术形象，通过她的凄惨命运，批判了虚伪的社会道德。同时，哈代也真实地写到了苔丝由于受到旧道德和宿命论的影响，自身存在着严重缺陷，这也加深了小说的悲观主义和宿命论的气氛。

《无名的裘德》是哈代的收山之作，叙述的是贫苦善良的孤儿裘德·范立奋发自学，想进高等学府深造，却被拒之门外。他与青梅竹马的表妹淑·布莱德赫志趣相投，与法定配偶分手后自由结合，却又不被社会接受，最后流浪街头，身死名败。表达的仍然是对精神价值的追求，同时具有明显的社会批判色彩。

哈代的作品，体现出英国悲观主义文学的显著特色，因此被伍尔芙称为"英国小说中的最伟大的悲剧大师"，韦伯则称哈代是"英国小说中的莎士比亚"。

果戈理的批判现实主义小说

果戈理从 1835 年 10 月开始动笔写《死魂灵》，倾注了 7 年的心血，1842 年 5 月，这部俄国文坛上划时代的巨著正式出版。《死魂灵》被公认为"自然派"的奠基石，"俄国文学史上无与伦比的作品"。

俄国批判现实主义主将

尼古莱·瓦西里耶维奇·果戈理·亚诺夫斯基是俄国批判主义作家，1809 年出生在乌克兰一个地主家庭。由于父亲是一名诗人和民间喜剧作家，而乌克兰也有着丰富多彩的民间文学，所以果戈理从很小就爱好戏剧和文学。中学毕业后，果戈理来到彼得堡当了一个小公务员，虽然薪俸微薄，生活艰苦，但这段经历却为他后来创造同类形象提供了丰富的素材。

22 岁时，果戈理辞职后，专门从事文学创作，以小说集《狄康卡近乡夜话》步入文坛，被普希金誉为"极不平凡的现象"，从而奠定了他在文坛的地位。之后，果戈理先后出版了中篇小说集《密尔格拉德》和小说集《彼得堡故事》，反响强烈。同时，果戈理还创作了《婚事》等多部剧作，并于 1836 年完成五幕喜剧《钦差大臣》，以辛辣的讽刺风格而轰动了社会，但由于遭到贵族社会的攻击，果戈里被迫离开祖国。

此后一直到 1848 年，果戈理基本上在罗马、德国、法国和意大利度过。1841 年，他完成长篇小说《死魂灵》第一部后，回到国内出版，再次震动了俄国文坛，被誉为"俄国文学史上无与伦比的作品"，批判现实主义文学由此成为俄国文学上波澜壮阔的主流。

之后，果戈理的思想开始转变，在创作《死魂灵》第二部时，想在其中塑造出正面的地主形象。1848 年，果戈理前往耶路撒冷朝圣后回到祖国。1852 年，他毁掉了《死魂灵》第二部的手稿，于极度的思想矛盾中辞世。

《死魂灵》插图

俄国批判现实主义文学发展的基石

果戈理是俄国著名的批判主义作家, 对俄国小说艺术发展的贡献尤其显著。他善于描绘生活, 将现实和幻想结合, 具有讽刺性的幽默, 最著名的作品是《死魂灵》和《钦差大臣》。

《死魂灵》是果戈理现实主义顶峰时期的代表作。内容讲述的是六等文官乞乞科夫企图利用购买"死魂灵"牟取暴利的故事, 以乞乞科夫这个骗子作为联缀, 以其在各个偏僻乡村收购死农奴的户籍为情节主线, 巧妙地引出了5个乡村地主的形象, 刻画了俄国地主的丑恶群像, 深刻揭露了俄国农奴制的反动和腐朽。

在故事情节设置上, 果戈理善于在荒诞不经的故事中安排一些荒诞不经的结局与过程, 通过这些不可思议的故事情节, 揭示深刻的思想内涵。他善于运用夸张与"含泪的笑"的讽刺手法, 来反衬社会的黑暗, 笑中带泪, 以笑当哭, 这是果戈理讽刺艺术中的最重要的特性。

在语言上, 果戈理的作品具有华丽生动的散文风格, 将社会现实的暴露和讽刺幽默结合, 充满了怪异和幻想的因素, 因此很能吸引读者。

《死魂灵》以其深刻的思想性和优美文风, 奠定了19世纪俄国批判现实主义文学的基础, 别林斯基高度赞扬它是"俄国文坛上划时代的巨著", 是一部"高出于俄国文学过去以及现在所有作品之上的""既是民族的, 同时又是高度艺术的作品"。

俄国现实主义文学大师屠格涅夫

19 世纪 60 年代初期，俄国屠格涅夫创作出《前夜》和《父与子》等作品，笔触从贵族知识分子转移到平民知识分子，表现了俄罗斯社会的发展趋势，传达出了时代的要求。

现实主义艺术大师

伊凡·谢尔盖耶维奇·屠格涅夫是 19 世纪俄国享有世界声誉的现实主义艺术大师，1818 年出生在俄罗斯中部奥勒尔省的一个世袭贵族之家。9 岁时，全家迁到莫斯科，屠格涅夫就读于一所寄宿学校，15 岁进入莫斯科大学，后转到彼得堡大学，学习哲学和语文，开始写诗。

大学毕业后，屠格涅夫到德国柏林大学研习哲学、历史和古典语言，同时游历了荷兰、法国、奥地利、瑞士、意大利等国。23 岁时，发表了处女作两首诗。25 岁时，他结识了别林斯基，从此使屠格涅夫与进步杂志《现代人》保持着紧密联系。1847 年，屠格涅夫在《现代人》刊登了他的随笔《猎人笔记》，第一篇就出乎意料地大获成功。屠格涅夫受到鼓励，陆续刊出他 21 篇随笔，并于 1852 年出版了《猎人笔记》单行本。

19 世纪五六十年代，屠格涅夫先后完成长篇小说《罗亭》《父与子》和中篇小说《多余人的日记》《初恋》等，这是他创作的鼎盛时期。

1872 年，屠格涅夫迁居巴黎，其间他创作了一系列"回忆的中篇小说"，如《草原上的李尔王》《普宁与巴布宁》等。1877 年他发表了最后一部长篇小说《处女地》。

在生命的最后几年里，远离祖国的屠格涅夫在病榻上写了 83 篇散文诗，表达了他暮年的情怀。1883 年他在巴黎去世，遗体运回国内，安葬在彼得堡沃尔科夫公墓。

杰出的时代文学巨著

　　屠格涅夫是著名的批判现实主义作家、诗人和剧作家，在长达 40 年的写作生涯中，屠格涅夫留下了许多优美如诗的作品，他的创作具有鲜明的时代特征和强烈的批判精神，在诗歌、戏剧、小说等方面都有很高的成就。

　　《父与子》是屠格涅夫最著名的长篇小说。讲的是将军的儿子基尔沙诺夫大学毕业后，带着他的平民朋友、医科大学生巴扎洛夫到父亲的田庄做客。巴扎洛夫的民主观点，同基尔沙诺夫一家的贵族自由观发生了尖锐的冲突。小说反映了农奴制改革前夕民主阵营和自由贵族阵营之间的尖锐的思想斗争，把笔触从贵族知识分子身上转移到平民知识分子身上，表现了俄罗斯社会的发展趋势。

　　屠格涅夫善于把握时代的脉搏，敏锐地发现重大的社会新闻。小说主题鲜明，情节生动，结构严谨，通过对大自然情境交融的描述，恰当的言行，塑造出许多典型生动的人物性格。尤其对自然景物的瞬息万变刻画得细致入微，描绘出俄罗斯民族特有的民族伦理观念及人情风俗，建塑了具有鲜明的民族性格的俄罗斯民族风骨；语言简洁朴质、精确优美，并赋以诗意和哲理。

陀思妥耶夫斯基文学的深度

19世纪的俄国处于从封建农奴制向资本主义的过渡时期。陀思妥耶夫斯基作为市民知识分子深刻地反映了俄国的这一历史过程，他的声誉，是从《罪与罚》开始的。

被判过死刑的文学家

费奥多尔·米哈伊洛维奇·陀思妥耶夫斯基是19世纪俄国著名作家，1821年出生在一个医生家庭，自幼喜爱文学。1843年毕业于军事工程学院，做过绘图员，但不久即辞职，转而从事文学创作。在法国资产阶级革命思潮影响下，他参加了彼得堡进步知识分子组织的彼得拉舍夫斯基小组的革命活动。1846年，发表处女作《穷人》，广获好评。被涅克拉索夫称为"又一个果戈理出现了"。别林斯基则称他是"俄罗斯文学的天才"。但后来发表的《双重人格》《白夜》《脆弱的心》等几个中篇小说，流露出空想社会主义的思想，使他与别林斯基分歧明显，以至于关系破裂。

后来，陀思妥耶夫斯基因参加革命活动被沙皇政府逮捕并判处死刑，临刑前一分钟得到赦免，流放西伯利亚。10年苦役生活，使他思想中沮丧和悲观成分加强，反对暴力，主张阶级调和，但仍对下层人物充满同情。

流放回来后，陀思妥耶夫斯基的创作重点逐渐转向心理悲剧。长篇小说《被侮辱与被损害的》这部作品可以被看作是他前后期的过渡作品，既有前期的对社会苦难人民的描写，又带有后期的宗教与哲学探讨。1866年他的代表作《罪与罚》出版，为他赢得了世界性的声誉。但是因为妻子的哥哥逝世，他还需要照顾妻子的哥哥一大家子人，这使得他濒临破产，健康状况越来越坏，几乎到了绝望的地步。

幸好这时，与他相濡以沫的妻子安娜·斯涅金娜无微不至地照料他，带着他两度到瑞士、德国、意大利和捷克的许多地方旅游，这才重新唤起他的创作热情。虽年近半百、疾病缠身，但几乎每年都有新作问世。后期的代

《卡拉马佐夫兄弟》插图

表作有《白痴》《群魔》和《卡拉马佐夫兄弟》等。

1881年2月9日，陀思妥耶夫斯基在捡滚到柜子底下的笔筒时，由于搬沉重的柜子导致血管破裂，当天去世。

审问人类灵魂的残酷天才之作

陀思妥耶夫斯基的创作以现实风格为主，把目光更多地注视向生活在病态的专制统治下黑暗污浊的俄国社会底层人物的生活，描述他们的困苦和矛盾，揭示人性的堕落与精神的分裂，充满了悲悯之感。如《罪与罚》通过当时圣彼得堡拉斯科尔尼科夫和马尔美拉陀夫两家穷苦人与荒淫无耻的地主斯维德利加依洛夫、卑鄙冷酷的官僚富商卢仁之间错综复杂的关系，描写了旧的封建农奴制全面崩溃和新的资本主义势力迅速发展时期俄国城市中人与人之间的矛盾冲突和思想性格，具有鲜明的时代特征。

《罪与罚》通过主人公拉斯科尔尼科夫的犯罪"理论"，以及后来受尽内心折磨、投案自首的内心矛盾，十分有力地揭露了资产阶级弱肉强食的法律实质，同时企图以主人公"超人"哲学的破产来证明，任何用暴力消除邪恶的办法都行不通，甚至会将自身毁灭。

在建构小说时间模式时，陀思妥耶夫斯基抛弃了传统小说中把事件置于时间的流程之中的做法，而采取一种非时序的叙述，将时间切割成一个个段落，注重时间的共时意义；同时，心理时间相对于故事时间要长得多。

在艺术上，陀思妥耶夫斯基极其擅长对心理，尤其是对病态的心理描写，他总是喜欢把人物置于矛盾的两极，置于紧张的气氛当中，从而描绘出人类内心的全部隐秘，不仅写行为的结果，而且着重描述那些自觉不自觉的反常行为中所内含的近乎昏迷与疯狂的心理活动，而在这些细节中，恰恰最能体现出其思想。

　　陀思妥耶夫斯基是世界文学史上最复杂最矛盾的作家之一，他的作品被誉为"残酷的天才之作"，他在小说中侧重主观内在心理和意识的写法，获得了欧洲乃至世界性的声誉，对后来的小说创作有着十分重大的影响。

列夫·托尔斯泰的三大巨著

列夫·托尔斯泰的作品深刻反映了从农奴制崩溃到第一次俄国革命期间的俄国社会生活，他的文学传统通过高尔基等作家继承和发展了，在世界文学中也产生了巨大的影响。

俄国革命的亲历者

列夫·尼古拉耶维奇·托尔斯泰是 19 世纪中期俄国批判现实主义作家、思想家和哲学家。1828 年出生在"亚斯纳亚·波良纳"贵族庄园，父亲曾是卫国战争时的中校军官，母亲很有文化素养，聪慧善良，可惜在托尔斯泰两岁时即去世，9 岁时，托尔斯泰的父亲也去世了，他由姑母抚养长大。

16 岁时，托尔斯泰考入喀山大学东方语文系，后转入法律系，但他却对哲学有着浓厚的兴趣，并广泛阅读文学著作。两年后，托尔斯泰以"健康不佳和家庭原因"中途退学，回到自己的领地波良纳，一面自学，一面着手改善农民的生活和习惯。

1851 年，托尔斯泰在驻高加索军队中任低级军官，曾参加克里米亚战争。在各次战役中，看到平民出身的军官和士兵的英勇精神和优秀品质，增强了他对普通人民的同情和对农奴制的批判态度。在《现代人》杂志上陆续发表《童年》《少年》和《塞瓦斯托波尔故事》等小说。

后来，托尔斯泰曾两度到欧洲旅游考察，回来后继续以自己的方式尝试改革俄国社会。在领地内创办了 20 多所学校，普及农民子弟的教育，并担任地主和农民的和平调解人及法庭陪审员，尽可能地维护农民的利益；同时写出哲学、宗教、伦理道德等研究文章。

1862 年，34 岁的托尔斯泰同宫廷御医别尔斯 17 岁的女儿索菲娅·安德列耶芙娜结婚。索菲娅聪明能干，很有文学才气，婚后不仅操持家务、治理产业，而且在文学创作上也是丈夫的得力助手。这使得托尔斯泰更有精力对文学作品进行精雕细刻，写出了《战争与和平》《安娜·卡列尼娜》等传世

之作。他每一部作品都要修改很多次，索菲娅帮他进行誊清和保存文稿。

反映列夫·托尔斯泰耕种的油画

晚年时，托尔斯泰的思想发生了激烈的矛盾冲突，最终决定摆脱贵族生活，实现自己"平民化"的宿愿，于1910年11月10日弃家出走，结果途中身染肺炎，11月20日在阿斯塔波沃车站逝世。

三部长篇巨制

托尔斯泰82年人生旅途中，既致力于社会活动和农村改革，但也主要从事文学创作，留下了许多传世之作，被誉为现实主义大师。

史诗型长篇小说《战争与和平》是托尔斯泰的代表作之一。小说从1805年彼得堡贵族沙龙谈论对拿破仑作战的事写起，以1812年俄法战争为中心，一直写到1820年十二月党人运动的酝酿为止，再现了整整一个时代，气势磅礴，场面广阔。描绘了上自皇帝、大臣、将帅、贵族，下至商人、士兵、农民500多个人物，展现了在战争与和平的交替中，社会、政治、经济、家庭生活的无数画面，反映了各阶级的思想情绪，提出了许多社会问题。历史的事实融合着艺术的虚构，奔放的笔触糅合着细腻的描写，在巨幅的群像中显现出个人的面貌，庄严肃穆中穿插抒情的独白，变化万千，蔚为奇观。

托尔斯泰的第二部里程碑式的长篇巨著《安娜·卡列尼娜》，经过12

《安娜·卡列尼娜》
插图

次精心修改而完成，是托尔斯泰的批判现实主义新发展的标志。小说在广阔的社会背景中展现了安娜的悲剧命运，反映了俄国农奴制改革后社会政治、经济和人们道德、心理等方面的矛盾，揭露了上流社会的虚伪道德观念和冷酷的社会关系。通过列文这一线索，描绘出资本主义势力侵入农村后，地主经济面临危机的情景，提示出造成安娜悲剧人生的原因和作者苦苦探求出路的痛苦心情。

托尔斯泰最后一部长篇小说《复活》，最充分地反映了他后期的世界观矛盾。在长达10年创作过程中，他多次重写修改这部作品，主题前后迥异，最后成为一部对俄国旧社会的揭露和批判空前激烈、政治意义很强的社会问题小说。无论在篇章结构、表现手法还是语言运用上，《复活》都达到了批判现实主义艺术成就的高峰。

短篇小说巨匠契诃夫

契诃夫是 19 世纪俄国批判社会现实的最后一位作家，在世界文学中占有自己的位置。他以短篇小说而闻名，现在"契诃夫"竟然成为了世界优秀短篇小说家的代名词。

俄国 19 世纪末期最后一位批判现实主义艺术大师

安东尼·巴甫洛维奇·契诃夫是俄国的世界级短篇小说巨匠，1860 年出生在亚速海沿岸的一个小城。当时父亲在城里开了一家小杂货店，经常要让他帮忙，杂货店倒闭后，一家人迁往莫斯科，只留下契诃夫一人在家乡，靠当家庭教师支撑自己读完中学，度过了相当艰苦的 3 年。

中学毕业后，契诃夫进入莫斯科大学攻读医学，并开始了文学创作。大学毕业后，他开始在莫斯科附近的地区行医，同时继续在杂志上发表小说。在 1888 年以前，他创作出了包括《胖子和瘦子》《小公务员之死》《变色龙》等约 400 部小说，题材之多和数量之大令人震惊。

1890 年，契诃夫来到政府放逐犯人的库页岛，访问了近万名囚徒和移民。这次为期 8 个月的远东之行，更开阔了他的视野，不久完成长篇报告文学《库页岛》，大胆揭露了俄国专制统治的凶残。

由于患有肺结核，契诃夫曾出国到米兰、威尼斯、维也纳和巴黎等地疗养和游览，回国后在莫斯科郊县购置了一处庄园，后来又迁居雅尔塔。在此期间，转向戏剧创作，主要作品有《海鸥》《万尼亚舅舅》《樱桃园》等。1900 年获俄国科学院名誉院士称号。

1904 年 6 月，契诃夫肺结核严重，前往德国治疗，7 月 15 日去世，遗体运回莫斯科安葬。

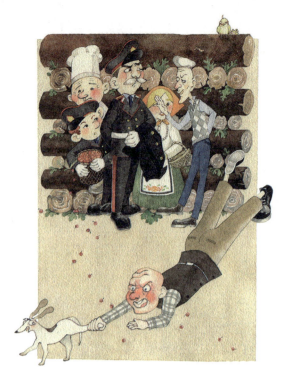

《变色龙》插图

短篇小说的优秀杰作

契诃夫一生创作了七八百篇短篇小说，还写了一些中篇小说和剧本。他早期作品多是短篇小说，再现了"小人物"的不幸和软弱，劳动人民的悲惨生活和小市民的庸俗猥琐。而在《变色龙》及《普里希别叶夫中士》中，作者鞭挞了忠实维护专制暴政的奴才及其专横跋扈的丑恶嘴脸，揭示出黑暗时代的反动精神特征。

1890 年，契诃夫从库页岛考察回来后，创作出表现重大社会课题的作品，如《第六病室》猛烈抨击了沙皇专制暴政，列宁阅读后都受到很大震动；《农民》极其真实地描述了农民当时极度贫困的生活现状。

契诃夫后期受到时代的革命气息的影响，坚信新生活一定到来，创作题材范围更加扩大，批判愈加深刻。《套中人》是其代表作之一，堪称俄国文学史上精湛而完美的艺术珍品，小说中的别里诃夫是旧制度的卫道士，因循守旧、畏首畏尾、害怕变革者的符号象征。

契诃夫从 19 世纪 80 年代起同时进行戏剧创作。剧作的题材、倾向和风格，与后期的小说基本一致，在艺术上不讲究离奇曲折的情节，而是以独特的叙述方法描述普通人物的日常生活，用眼睛和耳朵去追寻生活的本来面目。文字像音符那样快节奏流动，简洁自然，质朴清纯，绝不拖泥带水，高度浓缩与丰富的潜台词，洋溢着浓郁的抒情，充满诗意。

美国世纪最伟大的浪漫主义小说家霍桑

霍桑的《红字》出现于美国本土文学的初创期，标志着美国在精神上的独立及文学上的成熟，不仅是美国文艺复兴时期小说的代表作，同时也成为美国心理分析小说的开山之作。

霍桑的一生

纳撒尼尔·霍桑是美国 19 世纪前半期最伟大的小说家，1804 年出生于美国东部马萨诸塞州塞勒姆镇，是当地的英国移民望族后代，当船长的父亲在霍桑 4 岁时死于海上，母亲抚养霍桑长大。1821 年，霍桑进入缅因州的博多因学院，大学毕业后回到故乡，开始写作，写出了一些短篇故事。之后，他开始尝试把自己在博多因学院的经历写成小说，于 1828 年不署名发表了长篇小说《范肖》，但是反响不大。

1836 年霍桑在海关找了一个差事。1842 年实名出版了第一个短篇小说集《重讲一遍的故事》，受到广泛好评。同年 7 月结婚，婚后霍桑与妻子到马萨诸塞州的康科德村老牧师住宅居住了 3 年，完成短篇小说集《古宅青苔》，进一步扩大了在文坛上的影响。

1848 年，由于与当局政见不合，霍桑从海关辞职，专心从事文学创作，写出了他最重要的长篇小说《红字》，小说于 1850 年发表后获得巨大成功。之后又写出了包括《带七个尖顶的阁楼》在内的不少作品。

1853 年皮尔斯就任美国总统后，霍桑被任命为驻英公使。1857 年离职侨居意大利，创作了长篇小说《玉石人像》。1860 年霍桑返回美国，在康科德老宅坚持写作。

1864 年 5 月 19 日，霍桑与皮尔斯结伴旅游，在新罕布什尔州朴茨茅斯去世。

《红字》插图

浪漫主义文学典范之作

霍桑是19世纪美国浪漫主义作家的代表人物,他的创作,对美国文学的发展做出了很大的贡献。代表作品长篇小说《红字》《带七个尖顶的阁楼》《福谷传奇》《玉石人像》等,都是世界文学史上不可多得的经典名著。

小说《红字》主要讲述天真的农村姑娘海丝特·白兰在不合理的婚姻制度下,嫁给了医生奇灵渥斯,他们之间却没有爱情。在孤独中白兰与牧师丁梅斯代尔相恋并生下女儿。白兰被当众惩罚,戴上标志"通奸"的红色 A 字示众。白兰拒不说出孩子的父亲,而丁梅斯代尔这个虚伪的家伙却一直隐瞒罪责、逍遥法外。

《红字》虽然讲述的是发生在两百多年前北美殖民时期的恋爱悲剧,但揭露的却是19世纪资本主义发展时代美国社会典法的残酷、宗教的欺骗和道德的虚伪。白兰作为一面镜子,她崇高的道德反射出了丁梅斯代尔的表里不一和充满罪恶的社会。

在艺术上,霍桑常把人的心理活动和直觉放在首位来描写,使小说中的人物、情节和语言都颇具主观想象色彩。同时,他擅长采用小说中惯用的象征手法,红色本来是血与火的颜色,是生命、力量与热情的象征,但在这里也是罪的象征,使本来熟悉的语言意义变得陌生、含糊、深邃、神秘,从而强化了审美和讽刺效果。

哥特小说大师爱伦·坡

爱伦·坡是美国的著名作家，长期担任报刊编辑工作，并创作了无数短篇小说，被誉为推理小说的开山鼻祖。他以哥特式的神秘故事和恐怖小说闻名于世，至今影响不减。

美国短篇故事的先驱者之一

埃德加·爱伦·坡是 19 世纪美国诗人、小说家和文学评论家，1809 年出生于美国马萨诸塞州的波士顿，父亲和母亲是同一个剧团的演员。3 岁时父母双亡，他被弗吉尼亚州里士满的约翰·爱伦夫妇收养，因此姓名中间加了"爱伦"的姓，他从幼年时就表现出学习拉丁文以及对戏剧表演和游泳的天赋。

爱伦·坡在弗吉尼亚大学短暂学习一段时间，古典语言及现代语言成绩出众，写出了双行体讽刺诗《哦，时代！哦，风尚！》等。中途退学后参加了美国陆军，从此离开了爱伦夫妇。爱伦·坡在等待进入西点军校期间，低调地开始了他的写作生涯，诗集《帖木尔和其它的诗》1829 年出版后，得到了著名评论家约翰·尼尔的认可。

随后，爱伦·坡为文学杂志和期刊工作多年，他的创作重心也从诗歌转向随笔和小说，渐以独有的文学评论风格而知名。1833 年，他将自己写成的 6 篇小说参加《星期六游客报》举办的征文比赛，《瓶中手稿》赢得头奖。这时，爱伦·坡在巴尔的摩、费城和纽约等几个城市之间辗转求职，并在 1835 年和表妹结婚。

1841 年，爱伦·坡发表了第一部推理小说《莫格街谋杀案》，获得一些好评。随后到 1845 年，先后发表《红死病的假面具》《金甲虫》《黑猫》等小说，一时声誉鹊起，被誉为"短篇小说的先驱者之一"。爱伦·坡开始筹划出版自己的期刊《宾州》(后来更名为《唱针》)，但他活着的时候没有来得及看到这本期刊的发布。1849 年 10 月 7 日，40 岁的爱伦·坡死于巴尔的摩。

爱伦·坡肖像

哥特式的神秘故事和恐怖小说

爱伦·坡的代表作《黑猫》最为出色,小说写的是一个酒鬼虐猫的心路历程。以主人公同两只黑猫的较量为线索,探索主人公人性中的善恶冲突,特别是对于其丑恶的病态人格的描写,使人能在那些梦境中体会到萦绕在心灵深处的巨大恐怖。

类似的再如《泄密的心》,写的则是一个男人因一位老头的眼睛让他深感不安,而潜入对方卧室将其杀害,把尸体埋藏在地板下。不料却时时听到那里传来心跳的幻听,迫使男人最后自首,这才得到心灵的解脱。

在艺术上,爱伦·坡的作品形式精致、语言优美、内容多样,被称为"在任何时代都是独一无二的风格"。围绕着哥特小说典型的死亡、复仇主题,采用恐怖的笔调书写出了美的感受。他善长运用象征的手法,如《黑猫》中,黑猫的"本来意义"是一个智能的独特的动物形象,但隐藏在猫的形象之中的,还有病态人格的反思;那阴森的场景则营造出死亡的意象,让人在心灵中感受恐怖的震撼的同时,领悟到深层故事中的审美意蕴。

创造了诗歌自由体的惠特曼

惠特曼的诗是一个时代的总结，唱出了时代的最强音，是美国文学史上第一部具有美国民族气派和民族风格的诗集，它开创了一代诗风，对美国诗坛产生了很大的影响。

美国自由诗之父

沃尔特·惠特曼是美国 19 世纪超现实主义与现实主义变革时期最伟大的诗人之一，1819 年生于美国新泽西州长岛一个家庭，父亲是木匠。5 岁时，惠特曼随全家迁居布洛克林，由于家境贫寒，他只上了几年学就于 11 岁被迫辍学，先后做过勤杂工、学徒、排字工人和乡村小学老师等。

1839 年，惠特曼在家乡创办了《长岛人》报纸，以后任过《纽约曙光》《自由鹰报》等主流杂志的编辑和自由撰稿人，开始写诗或发表政治演讲。1850 年开始，又在不同的工作之间辗转，并继续写诗。1855 年，他将 12 篇长篇无标题的诗组成组诗《草叶集》出版，受到大作家爱默生的赞许，一年后即出了第二版，有 32 首诗。

内战期间，惠特曼到军医院做看护，以后又在华盛顿政府做过小职员。1873 年患中风，仍坚持写作，1881 年《草叶集》出到了第七版，仍非常畅销，被誉为"自由诗之父"。

1892 年，惠特曼病重去世。

美国大地的芳草之歌

惠特曼是美国著名的诗人、散文家、新闻工作者及人文主义者。他的最重要的著作，就是诗集《草叶集》，书名源于集中的一句诗："哪里有土，哪里有水，哪里就长着草。"惠特曼以此象征着他的诗歌像是美国广阔大地上长满芳草，生气蓬勃并散发着诱人的芳香。

《草叶集》从1855年的第一版后经过不断增修，至1892年最后的第12版，前后30多年，包容了惠特曼整个的生命、思想感情，反映了一个历史时代中美国的形象，概括了极其丰富的生活内容和深刻的思想内容，热情地讴歌美国这块"民主的大地"。

这本诗集以抒情性为主要基调，其中如《自我之歌》《大陆之歌》《阔斧之歌》《亚当的子孙》等组诗，通过对大海、高山等自然景色和新兴城市的赞美，歌颂了人们冲破封建观念和专制压迫的双重枷锁，处在和平劳动中的美好关系，表达了对人类走向民主、自由的光明未来的坚定信念。

惠特曼身处美国超现实主义与现实主义文学的变革时期，所以他的创作风格兼有了二者的文风。这也使他打破了传统的诗歌格律，在诗歌形式上有大胆的创新，创造了后来被称为"波涛滚滚"的自由体诗歌形式，以短句作为韵律的基础，大量采用重叠句、平行句和夸张形象的语言，节奏自由奔放，汪洋恣肆，舒卷自如，具有一泻千里的气势和无所不包的容量。

马克·吐温的美国式幽默

1861 年，美国南北战争爆发，密西西比河航运萧条，结束领港员生活的马克·吐温随着淘金热来到美国的西部。发财梦破灭后，他去报馆工作并开始用"马克·吐温"这个笔名。

美国式幽默的代名词

马克·吐温本名塞姆·朗赫恩·克列门斯，是美国著名的幽默大师、小说家、作家，也是著名演说家，1835 年出生于密苏里州佛罗里达村一个地方法官家庭。幼年时代的马克·吐温非常顽皮，好几次险些淹死。12 岁父亲去世后，他被迫结束了学校生活，到报社当了排字工人，工作之余对读书产生强烈爱好，学习法语，偶尔写些滑稽小品。

不久，马克·吐温结识了一位轮船领港员，对航行产生了浓厚的兴趣，又到轮船上当了领港员、汽船司机，因为测水员表明安全水位的一句行话是 marktwain，这就成了他毕生的笔名。在 4 年的海上生活中，他阅读大量文学、戏剧名著，同时接触了形形色色的人物，深入了解了社会。

1861 年南北战争爆发后，马克·吐温曾在南军服过役，后来担任了新闻记者。1865 年，他在纽约的《星期六新闻》上发表了短篇小说处女作《卡拉维拉斯镇著名的跳蛙》。1867 年，他以记者身份乘轮船去欧洲和中东旅行，中途发回 50 篇通讯，经整理后结集为《傻子出国旅行记》，这是他的第一部短篇小说集，由于其鲜明的轻松幽默的风格，使美国文学界和新闻界均为之震惊。

1870 年，马克·吐温与纽约富商之女结婚。同年发表《竞选州长》，以其深刻的主题、幽默的语言、荒诞的情节和滑稽的场面，而使他名声大震。以后又写过《镀金时代》《汤姆·索亚历险记》《哈克贝利·费恩历险记》等长篇小说，是他的重要代表作，也是美国文学史上的名篇。

晚年的马克·吐温积极参加反对帝国主义列强侵略压迫弱小民族、国

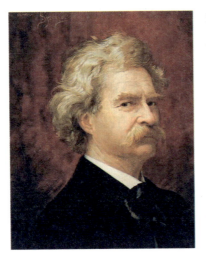

马克·吐温画像

家的斗争,写下了《赤道环游记》《给坐在黑暗中的人》等讽刺文学作品。

1910 年 4 月 21 日,马克·吐温去世,享年 75 岁。

批判现实主义的讽刺文学代表

马克·吐温是 19 世纪后期美国现实主义文学的杰出代表之一。他的作品多以密西西比河畔为背景,反映美国 19 世纪末期的社会生活,以幽默、诙谐的笔法嘲笑美国"自由民主"的虚伪和资本主义对人民的剥削本质,既富于独特的个人机智与妙语,又不乏深刻的社会洞察与剖析。主要的代表作品有短篇小说《百万英镑》《竞选州长》和长篇小说《哈克贝利·费恩历险记》《汤姆·索亚历险记》《乞丐王子》等。《竞选州长》是马克·吐温著名的短篇小说,也是他的早期代表作之一,小说通过"我"参加纽约州竞选的过程中所遭受的诬陷和恐吓,从"民主选举"和"言论自由"两个侧面,对美国资本主义社会的政治生活进行了嘲讽,揭露了这种"民主自由"的欺骗性。

《哈克贝利·费恩历险记》通过白人小孩哈克跟逃亡黑奴吉姆结伴在密西西比河流浪的故事,不仅批判了封建家庭对仇恨的野蛮械斗的解决方式,谴责了蓄奴制的罪恶以及毫无理性的残酷私刑,而且讽刺了宗教的虚伪愚昧。同时通过对黑奴优秀品质的歌颂,表达出白人黑人携手奋斗、共创民主自由新世界的愿望,宣扬了消除种族歧视、人人都享有自由权利的进步主张。

在《哈克贝利·费恩历险记》中,马克·吐温别出心裁地采用了孩子的口吻,讲述流浪儿哈克在密西西比河上及河畔的所见所闻、所思所想,客观地描绘了各阶层的生活场景,从而深刻揭露了当时的社会现象。

马克·吐温的作品,以幽默讽刺的风格为主,但他的幽默讽刺风格别具特色。鲁迅评价马克·吐温"在幽默中又含着哀怨,含着讽刺"。马克·吐温

自己则说："不能一味逗乐，要有更高的理想。"因此他的幽默讽刺不仅仅是嘲笑人类的弱点，而且是以夸张手法，将它放大了给人看，希望人类变得更完美、更理想。

《汤姆·索亚历险记》插图

马克·吐温的作品风格"笑中带泪"，文字清新有力，审视角度自然而独特，许多作品被视为美国文学史上具划时代意义的现实主义著作，因此被誉为"美国文学中的林肯"。

美国现代短篇小说先驱欧·亨利

欧·亨利以其众多的构思巧妙、幽默讽刺的作品赢得了世界范围内的赞誉，成为美国独树一帜的短篇小说家，被誉为"美国现代短篇小说之父"和"美国生活的幽默百科全书"。

美国现代短篇小说创始人

欧·亨利原名威廉·西德尼·波特，19 世纪末美国著名短篇小说家，1862 年生于美国北卡罗莱纳州格林斯伯勒。父亲是个医生兼酒鬼，这导致了他们家境贫困。欧·亨利 3 岁时母亲因结核病而去世，他和父亲搬到祖母家里居住，进入姑姑开的私立学校读书。年幼的欧·亨利很爱读书，而且具有绘画天分。

1876 年，欧·亨利进入高中读书，但 15 岁被迫辍学，到叔叔的药房里当学徒。从 1884 年起做过会计员、办事员和出纳员。此间因钱款误差曾避难到拉丁美洲，1887 年回国探亲被捕，入狱 5 年。这 10 多年的经历，为欧·亨利的创作积累了丰富的素材，他在狱中开始写小说，发表在《麦克吕尔》杂志上。

出狱后，欧·亨利来到纽约，继续从事写作，一生写下了 300 多篇短篇小说，因此被誉为"美国短篇小说创始人"。但是长年写作的劳累与无节制的生活，使他的身体受到严重损伤。1910 年 6 月 3 日，他在写作一生中最后一篇短篇小说《梦》时病倒了，两天后因肝硬化去世。

以"欧·亨利式结尾"闻名于世的短篇杰作

欧·亨利是一位高产的作家，一生中留下了一部长篇小说和近 300 篇短篇小说。他的小说从题材上可大致分为三类：一类以描写美国西部生活为主；一类写美国一些大城市的生活；一类则以拉丁美洲生活为对象。而三类作品当中，又以描写城市生活的作品数量最多，意义最大。

欧·亨利本身是一个穷苦的人，因此他的文章主人公大多是一些贫穷的劳动人民，充满了对劳动人民的同情。如他的代表作《麦琪的礼物》，写的是一对贫贱的年轻夫妇的故事：在圣诞节前夕，他们为了互赠圣诞礼物，妻子卖掉了一向引以自豪的满头秀发，为丈夫买回一条白金表链；丈夫卖掉了祖传三代的金表，给妻子买了一副精美的发梳。最后当他们都拿出各自的礼物时，却不禁哑然失笑——这些礼物都已经没有用处了。观众们在这欢笑声中却体味到一种辛酸，笑过哭过之后，从而有了更深刻的感悟：虽然他们都牺牲了自己最珍爱的东西，但他们纯真美好的爱情却得以升华。

在艺术表现手法上，欧·亨利的小说常常在结尾处，出现一个意料不到的结局，人们在没看完之前，永远猜不出结果是什么，但是故事却又合情合理，耐人寻味。这充分体现了作者丰富的想象力，也是他小说最大的特点之一，因此被人们称之为"欧·亨利式结尾"。

欧·亨利的小说语言很生动而且很精练，从一开始就能抓住人们的兴趣和注意力，在整体上生动活泼，幽默诙谐；细节描写准确、人物情感真挚自然，让人能深深体会到微笑里的辛酸，讽刺里的悲哀和无可奈何。

世界儿童文学的太阳安徒生

安徒生的童话流露出人道主义的精华，语言自然清新，流畅优美；运用儿童视角叙事模式，创造了"安徒生童话"这一独特的文体，对世界儿童文学的发展产生了积极的影响。

世界儿童文学的太阳

汉斯·克里斯蒂安·安徒生是19世纪丹麦著名的童话作家，1805年出生于丹麦中部小城奥登塞一个贫困家庭。他的父亲是鞋匠，母亲是洗衣工，这使安徒生从小就体会到下层人民的疾苦；受父亲和民间口头文学影响，他从小喜爱文学。他在慈善学校读过书，随后当过学徒工。11岁时父亲病逝，他只得外出谋生。他到了哥本哈根后，13岁在皇家剧院当小配角，后因嗓子失音被解雇，从此开始学习写作。

1822年，17岁的安徒生经过多年的努力创作，终于以诗剧《阿尔芙索尔》而崭露才华。因此被皇家艺术剧院送进斯拉格尔塞文法学校和赫尔辛欧学校免费就读。5年后升入哥本哈根大学，创作日趋成熟。曾发表游记和

《皇帝的新装》插图

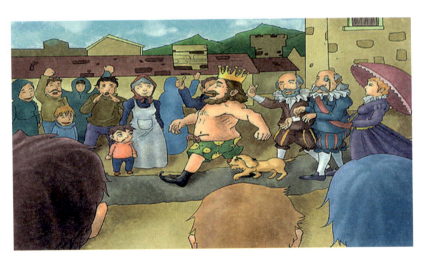

歌舞喜剧,出版诗集和诗剧。

　　大学毕业后,安徒生仍以写作挣稿费维持生活。1833 年出版长篇小说《即兴诗人》,使北欧第一次在文学上赢得了国际声誉。此后,安徒生在每年的圣诞节都会写一本童话集,作为送给小朋友的新年礼物,一生共发表童话故事 86 篇。著名的有《海的女儿》《拇指姑娘》《卖火柴的小女孩》《皇帝的新装》等,给全欧洲的一代孩子带来了欢乐,因此皇家高度赞扬他是"世界儿童文学的太阳"。

　　安徒生终身未婚,1875 年 8 月在哥本哈根梅尔彻的宅邸辞世。

为"未来一代"创作的文学名著

　　安徒生一生致力于童话创作,被称为是为"未来一代"创作的作家。他的童话作品,既真实地描绘了穷苦人的悲惨生活,又渗透着浪漫主义的情调和幻想。

　　以创作风格和内容题材而论,安徒生的童话可分前后两期:

　　前期的童话浪漫主义色彩浓郁,想象奇特,天上飞的、地上爬的、水里游的和田里长的,无所不包。热情歌颂了人类的高贵品质:勤劳、勇敢、坚强和毅力,自我牺牲的精神,克服困难的决心。代表作有《海的女儿》《丑小鸭》等。另外也有辛辣讽刺统治阶级的愚蠢和专横的,如《皇帝的新装》《夜莺》等,爱憎分明,闪烁着民主思想的锋芒。

　　进入 19 世纪 40 年代中期,安徒生的笔触开始深入现实生活中,描述人民的悲惨遭遇和凄凉身世,童话中夸张和想象的成分减少,思想性、哲理性加强。代表作如《卖火柴的小女孩》《她是一个废物》《园丁和主人》等。从这个意义上说,安徒生是西方文学史上第一位将童话当作严肃文学进行创作的作家。

　　在艺术特色上,安徒生童话独创出以儿童视角,用孩子的说话方式创作作品中的语言,直白、自然,遵循孩子的思考方式和心理发展特点,虽然情节生动夸张,但又不致荒诞离谱,反而增加了真实感,讲述出一个个深刻的道理,既会令人感受到许多意想不到的场景,也能赋予作品鲜活的生命力。

左拉开创自然主义小说流派

　　19 世纪下半叶，科学技术迅速发展，左拉深受泰纳运用自然科学研究文艺的影响，利用科学实验方法来指导写作，1868 年左拉构思《鲁贡玛卡一家人的自然史和社会史》。

自然主义文学流派领袖

　　爱弥尔·左拉是法国著名作家，1840 年生于巴黎，父亲是意大利人，母亲是法国人。左拉 7 岁丧父，由于生活贫困，18 岁时随外祖父来到巴黎，先在海关当低级职员，22 岁来到阿歇特出版社当打包工人，并开始写作，由于他的诗受到了老板赏识而被提升为广告部主任，从此开始为报刊撰文。1864 年，他发表了具有浪漫主义的短篇小说集《给妮侬的故事》，一年后又写出第一部长篇小说《克洛德的忏悔》，因被警方认为"有伤风化"而遭解雇，后成为职业作家。

　　此后，左拉受司汤达和巴尔扎克的影响，创作转向自然主义，从 28 岁到 54 岁，他用了 26 年时间，终于完成了系列小说巨著《鲁贡玛卡一家人的自然史和社会史》，其中包括 20 部长篇小说，登场人物达 1000 多人。这部著作，也使左拉一跃而成为自然主义文学流派的领袖人物。

　　之后，左拉又逐渐走向现实主义道路，写出包括《罗马》《巴黎》《芦尔特》在内的一套长篇小说，集名《三名城》。

　　接着，左拉又计划写《四福音书》，但只完成了 3 部，就于 1902 年在巴黎的寓所煤气中毒，不幸逝世，法兰西共和国政府为他举行了国葬。

从浪漫主义到自然主义的创作实践

　　左拉一生写成数十部长篇小说，代表作是包括 20 部长篇小说的庞大作品《鲁贡玛卡一家人的自然史和社会史》，被誉为"第二帝国时代一个家

族的自然史和社会史"。其中最著名的
有《小酒店》《娜娜》《萌芽》《土地》
和《金钱》等。左拉通过一个家族的活
动，从政治、军事、金融、宗教、商业以
及科学艺术和工人、农民日常生活等各
个角度，忠实地、生动地记录了那一时
期法国社会的各种现象和动态，活生生
地表现了资产阶级金融商人之间的钩
心斗角和无产阶级的反抗斗争等；同时
他还从生理学和遗传学的角度，观察记
录了这个家族的自然历史，构成了一幅
反映第二帝国时期社会现实的大型历
史画卷。

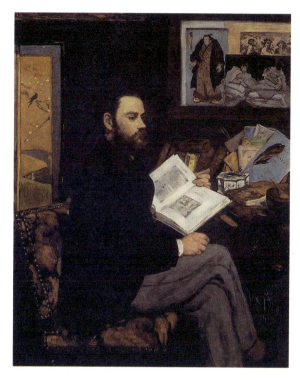

左拉画像

  在艺术上，左拉小说的基本艺术风格是气势雄浑、笔力酣畅，反映了他
的自然主义创作主张，他强调资料考证和客观描写，运用自然科学的手段
和细节，发展和丰富了传统的现实主义创作方法。但其中有些作品已经远
远超出了自然主义小说的范畴，是继承和发展了现实主义的传统，代表了
现实主义在新的历史和社会条件下的一个发展阶段。

莫泊桑和他的小说

莫泊桑的短篇小说体现了一整套完整创作小说的艺术，大大丰富了短篇小说的描述方式，提高了小说叙述艺术的水平，为后来的短篇小说创作，开辟了更为广阔的道路。

法国短篇小说大师

居伊·德·莫泊桑是 19 世纪后半叶法国优秀的批判现实主义作家，1850 年生于法国北部诺曼底一个没落贵族之家。母亲醉心文艺，并有很深的文学修养，从童年时代起，母亲就培养他写诗，到儿子成为著名作家时，她仍然是莫泊桑的文学顾问、批评者和助手，所以他的母亲是他走上文学创作道路的第一位老师。

莫泊桑 13 岁开始写诗。在卢昂读中学时，他又受老师、诗人路易·布那影响，开始多种体裁的文学习作。1870 年，莫泊桑到巴黎进入大学学习法律。这时普法战争爆发，莫泊桑参加了军队。退伍后，先在海军部谋得一个小职员职位，后又到教育部任职，在工作之余，依然从事文学写作，并得到了福楼拜的亲自指导，参加了以左拉为首的自然主义作家集团的活动。10 年来写作了大量作品，到 1880 年，结集出版了《梅塘之夜》，其成名作《羊脂球》即在其中。这是莫泊桑公开发表的第一篇重要小说，他因此一举成名，成为法国短篇小说大师。

由于家庭遗传因素，莫泊桑长期以来患有精神疾病，1891 年病情急转直下，次年，莫泊桑不堪忍受，自杀未遂，被送入精神病院。1893 年与世长辞，年仅 43 岁。

不朽的完美的典范之作

莫泊桑虽只活了短短 43 年，但却创作了 6 部长篇小说和 300 多部中短篇小说，被左拉预言他的作品将是"未来世纪的小学生们当作无懈可击的完美的典范口口相传"的故事。莫泊桑的代表作有《项链》《我的叔叔于勒》《羊脂球》和《俊友》等。

《羊脂球》插图

《羊脂球》是莫泊桑短篇小说的代表作之一。小说塑造了一个具有爱国心、助人为乐又具有自我牺牲精神的妓女羊脂球，通过她的不幸遭遇，反衬出了那些贵族、政客、商人、修女等人在占领者面前的不同态度，揭露了贵族资产阶级的自私、虚伪和无耻，性格鲜明，悬念迭生，引人入胜。《我的叔叔于勒》通过一个小市民家庭内部兄弟之间发生的故事，触目惊心地反映出资本主义社会在金钱支配下的人与人之间的关系，用白描手法、细节描写、心理分析的笔调，给人留下了深刻的印象。《俊友》是莫泊桑一生仅有的 6 部长篇小说中思想和艺术成就最高的一部。小说塑造了上士杜洛瓦这个雄心勃勃的典型的野心家和冒险家形象，开创了法国文学中"俊友"系列的先河。

在艺术上，莫泊桑善于以白描的笔法进行勾画，而并不追求色彩浓重的形象、表情夸张的面目、跌宕起伏的生平与难以置信的遭遇，致力于通过人物在日常生活中的自然状态与在一定情势下必然有的最合情理的行动、举止、反应、表情，来表现人物内心的真实与本性的自然，揭示出其内在心理与性格的真实。同时，他的小说以短小的篇幅表现尽可能丰富的生活内容，以小见大，以一当十。

唯美主义作家王尔德

1891 年，唯美创作的集大成者王尔德发表小说《道林·格雷的画像》，描写了主人公在享乐主义的引导下纵情声色，走上犯罪的道路，他的画像在他死时却从衰老变得青春焕发。

英国唯美主义艺术运动的倡导者

奥斯卡·芬葛·欧佛雷泰·威尔斯·王尔德是 19 世纪爱尔兰著名作家、诗人、剧作家，1854 年出生于爱尔兰首府都柏林的一个富有家庭。他的父亲是一位爵士，也是外科专家；母亲则是一名颇有才华和名气的诗人。童年时，王尔德曾经跟随父亲到法、德两国旅行，这时就表现出很高的天赋，很快就精通了法、德两国语言。同时，这些旅行激发了他对神话和逸闻传说的爱好。

11 岁时，王尔德进入新教徒办的波尔托拉皇家学校学习。毕业后，就读于都柏林的三一学院，毕业前发表论文《希腊喜剧诗人残篇》而获得了帕克利主教金质奖章，在文坛开始崭露头角。后考入牛津大学攻读古希腊文学，受到了沃尔特·佩特及约翰·拉斯金的审美观念影响，为他之后成为唯美主义先锋作家确立了方向。此时，他开始为杂志撰稿，而他的奇装异服、机智谈吐、卓然不群更使他在伦敦社交界小有名气。

1877 年，王尔德到意大利、希腊旅行。在文艺复兴的中心和欧洲文明的发祥地，大大地证实了他梦想中和梦想之外的美境，加速了他的艺术理论和美学思想的形成。回到牛津，他便和罗斯金、罗塞蒂等人一起大力倡导唯美主义文艺思想。

1881 年 7 月，王尔德出版自己的第一部精装的《王尔德诗集》，正式走上文坛。到他的第一本童话集《快乐王子》问世后，已经成为了有影响力的作家。1882 年，王尔德结婚，并且之后生了两个儿子。但在 1891 年，王尔德却又与一名 21 岁的男青年发展成为同性恋人，结果被青年的父亲控告他有

伤风化，被判处两年徒刑。在狱中这两年，王尔德写下了诗作《瑞丁监狱之歌》和书信集《深渊书简》。

王尔德出狱后，移居到法国第普附近的一个小村庄，完成了他的最后一部诗作《瑞丁监狱之歌》。此后数年，他在穷愁潦倒中度过，1900 年底离开了人间，年仅 46 岁。

唯美主义的代表作

王尔德是英国 19 世纪与萧伯纳齐名的英国才子，唯美主义运动的倡导者，他一生中就写过 9 篇童话，最著名的童话为《巨人的花园》《快乐王子》《夜莺与红玫瑰》，采用童话的体裁作为"面具"，对现实社会的丑恶与冷酷进行揭露和抨击，并阐述了自己的美学思想和幸福观。几乎每篇结构美妙的作品中，都有一个因为至爱而变得至美的形象，同时表现出王尔德特有的幽默感。

但是，最能体现王尔德才华的，却是《道林·格雷的画像》等长篇小说，以及《温德米尔夫人的扇子》《莎乐美》等戏剧作品，其戏剧作品堪称一时之绝唱。

王尔德的唯一一部长篇小说《道林·格雷的画像》，可以说是唯美主义的经典杰作。这是一个将幻想和现实奇妙地糅合在一起的富有象征意义的

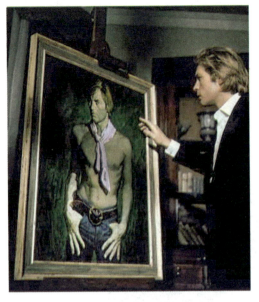

《道林·格雷的画像》电影剧照

故事：伦敦的贵族英俊少年道林·格雷相貌极其俊美，画家哈尔华德为他画了一幅奇妙的肖像，它能够反映格雷由于放荡生活在脸上留下痕迹的后果。亨利爵士是一个崇尚享乐至上的人，他引诱格雷逐渐沉湎于酒色。但当格雷玩弄了女演员赛琵尔的感情致使她自杀之后，发现画像中的他发生了邪恶的变化。格雷没有悬崖勒马，反而更变本加厉地放纵自己，后谋杀了画家哈尔华德，画像变得更加丑陋不堪。当帮助格雷毁尸的化学家因良心发现而自杀，赛琵尔的弟弟前来寻仇又被流弹打死后，格雷的良知被唤醒了，他一刀刺向丑陋的画像，自己却应声而倒，尸体变得丑陋不堪，而那画像却又俊美如初。

王尔德通过这一故事指出，美是高于一切的，艺术是至高无上的。画像之所以能比现实更能忠实地反映特性和现象的精神及本质，是因为画家在创作肖像时，倾注了单一地对"美"的追求而没有一丝杂念。这种寓意艺术，正是王尔德哲学和美学思想的精髓所在，正如他自己所说，"艺术家没有伦理上的好恶，艺术家如在伦理上有所臧否，那是不可原谅的矫揉造作。""成为一件艺术品是生活的目的。"

恶魔诗人发表《恶之花》

1857 年，波德莱尔发表诗集《恶之花》，出版后即遭到攻击和诽谤。《恶之花》是诗人追求光明、理想的一份失败记录。其形式和内容在法国诗歌发展史上具有划时代意义。

法国象征派诗歌先驱

夏尔·皮埃尔·波德莱尔是法国 19 世纪最著名的现代派诗人，1821 年出生在巴黎一个受过大革命洗礼的美术教师家庭。他 6 岁丧父，随母亲改嫁，继父欧皮克上校后来擢升将军。巴黎当时是文化艺术的中心，各国的作家、艺术家纷纷来此相聚，艺术气氛相当浓厚。波德莱尔逐渐形成了对艺术的敏感，对这座五光十色、充满放荡意味的城市有了更深的理解。

1848 年二月革命时期，波德莱尔创办报纸，发表言辞激烈的文章，并活跃在街头的革命群众中。然而不久革命失败，他又回到了他的文学生涯中，脱离了当时浪漫主义诗歌的个人情感与忧愁苦闷的泥潭，并且发挥了想象力在诗歌中的重要作用。1857 年诗集《恶之花》初版问世，舆论大哗，波德莱尔也以"恶"一举成名，被誉为"恶魔诗人"。但帝国法庭却以"有伤风化"和"亵渎宗教"之罪起诉，查禁《恶之花》并对他判处罚款。

1864 年，波德莱尔旅行到达布鲁塞尔，一年后，病倒在那里。1867 年，他在巴黎逝世，年仅 46 岁。

惊世骇俗的"一丛奇异之花"

波德莱尔的生命是短暂的，留下的作品也只有一本诗集《恶之花》、两本散文诗集和一些文艺批评论著。然而《恶之花》却在某种意义上为世界文坛开创了一个新纪元，启发了整个一代现代派诗人和象征主义艺术家，被誉为法国"伟大的传统业已消失，新的传统尚未形成的过渡时期里开放

《恶之花》插图

出来的一丛奇异的花"。

诗集《恶之花》初版时共收诗 100 首；第二版删除了 6 首，又增收 30 多首新作。作者死后，朋友们重新编订出版了第三版，共收入诗 157 首。全诗包括《忧郁与理想》《巴黎风光》《酒》《恶之花》《叛逆》和《死亡》6 个部分，表现了现代都市的丑恶、现代文明的虚伪以及现代人精神世界的贫乏空虚，实际是一部对腐朽的资本主义社会进行揭露、控诉的作品。诗人以罕见的胆识，陈列出种种丑行与败德，也倾诉了深藏于心中的郁闷与苦恼。

《恶之花》是一部表现西方精神病态和社会病态的诗歌艺术作品。然而波德莱尔以他的天才，在恶的世界中发现了这种病态的美，并在美的体验中感受到恶的存在，通过诗歌化腐朽为神奇。这既是《恶之花》对诗坛的独特贡献，也是波德莱尔给日后的现代主义提供的有益启示。

在艺术上，《恶之花》具有古典诗歌的明晰稳健、格律精严、音韵优美的特点，因想象奔放、放荡不羁而开创了一种新的创作方法，因此波德莱尔也被誉为唯美主义和象征主义的共同先驱。

第七章
20 世纪文学

　　思想的变化和生活方式的变化，使得 20 世纪和以前的时代截然不同。看不清这一点，就搞不懂我们这个时代的艺术。比如生活节奏的加快，即影响艺术也影响到哲学。法国哲学家柏格森提出了关于时间、变化和发展的理论。他说时间是一个连续的过程，而不是孤立瞬间的连接。

　　我们对 20 世纪的艺术特别感兴趣，因为 20 世纪是我们的世纪，我们自己就生活在这个时代，与以前相比，20 世纪的变化最多也最快，而且反应在艺术中，20 世纪是无与伦比的。

——《剑桥艺术史》

高尔基开创无产阶级文学新纪元

1906 年，高尔基的长篇小说《母亲》完成。其描绘了无产阶级波澜壮阔的革命斗争，塑造了工人巴维尔和革命母亲尼洛芙娜的感人形象。小说极大地鼓舞了斗争中的工人群众。

无产阶级文学奠基人

高尔基原名阿列克塞·马克西莫维奇·彼什科夫，1868 年出生在伏尔加河畔一个木匠家庭。由于父母早亡，童年时期曾在外祖父家生活，从 10 岁起便外出谋生，当过鞋店学徒，在轮船上洗过碗碟，在码头上搬过货物，给富农扛过活。稍大时做过铁路工人、面包工人、啤酒厂送货人等，虽然一直生活在饥寒交迫之中，只上过两年小学，但他通过自学，掌握了欧洲古典文学、哲学和自然科学等方面的知识。

24 岁那年，高尔基在《高加索日报》发表了他的第一篇作品短篇小说《马卡尔·楚德拉》，得到报纸编辑的欣赏。通知作者到报馆去时，编辑们惊异地发现这篇出色作品的作者竟是个衣着褴褛的流浪汉。当时让他署个名，高尔基说："那就用马克西姆·高尔基吧。"在俄语里，"高尔基"的意思是"痛苦"，"马克西姆"的意思是"最大的"。从此，他就以此作为笔名，开始了自己的创作生涯。

高尔基青少年时长期漂泊流浪，亲身经历过俄罗斯劳苦大众在沙皇统治下的艰难生活，因此他在作品中抨击腐朽的旧制度和沙皇制度的黑暗，揭露了资本主义社会的阶级剥削和压迫。虽然受到广大读者的欢迎，但却屡遭沙皇政府的监视、拘禁和逮捕、流放。这些不但没有使高尔基屈服，反而更加坚定了他斗争的意志和决心。高尔基创作了《母亲》和自传三部曲：《童年》《在人间》《我的大学》以及其他优秀作品。

1905 年革命前夕，高尔基的创作转向了戏剧，先后写出了《小市民》《底层》《太阳的孩子们》《野蛮人》等剧本，上演后在当时俄国的剧坛上引起了轰动。

十月革命后，高尔基被选为苏维埃作家协会主席，继续创作了大量各种体裁的作品。到1936年去世前还写了《苏联游记》《英雄的故事》和多部剧作《耶戈尔·布雷乔夫等人》等。但他从1925年起着手创作的具有史诗气魄的长篇巨著《克里姆·萨姆金的一生》却没有最后完成。

高尔基流亡归来，受到人们欢迎

无产阶级文学宝库的巨大财富

高尔基一生创作了大量各种体裁的作品，为无产阶级文学宝库留下了一笔巨大的财富。其中以自传体三部曲和长篇小说《母亲》最为著名。

《童年》《在人间》和《我的大学》是高尔基自传性的"人生三部曲"。其中第一部《童年》他写得最为动情，也最富有魅力。小说通过真实地描述阿廖沙苦难的童年，深刻地展现了19世纪俄国小市民阶层庸俗自私、空虚无聊的生活，同时又展现了下层劳动人民的勤劳正直和纯朴善良。书中塑造出了俄罗斯文学中最光辉的形象之一——外祖母。

第二部《在人间》描绘生活逼迫着10岁的阿廖沙走向社会外出谋生的经历。他备受生活煎熬，做过各种工役，受尽愚弄、欺凌、侮辱甚至毒打和陷害，体验了社会生活底层的艰辛，认识到人性的丑恶。但他并没有被困难的生活环境所打倒，反而在经历锻炼后，变得更加坚强。特别是在和工人

《童年》插图

们一起劳动的过程中，受到了极为宝贵的教育。

最后一部《我的大学》着重描写了阿廖沙青年时代的生活，16岁的阿廖沙到喀山上大学，但大学之门对穷苦的孩子却是永远关闭着的，于是，他上了一所特殊的大学——"社会大学"。在这所大学里，他获得了启迪，革命思想日益形成，不断发动工人与剥削阶级进行斗争，在斗争中锻炼成熟起来。

长篇小说《母亲》发表于1906年，是一部划时代的巨著，描绘了无产阶级波澜壮阔的革命斗争，第一次塑造了具有社会主义觉悟工人党员巴维尔和革命母亲尼洛芙娜为代表的无产阶级英雄的感人形象。开辟了无产阶级文学的新纪元，也标志着高尔基在探索正面人物方面达到了新的高峰，《母亲》因此被公认为世界文学史上崭新的无产阶级奠基作品。

史诗性长篇小说《静静的顿河》

肖洛霍夫的《静静的顿河》，称作是哥萨克社会历史上的一面镜子。肖洛霍夫通过 20 世纪头 20 年的社会巨变，最广泛、最深刻、最感人地表现了哥萨克的历史命运。

获得诺贝尔文学奖

米哈伊尔·亚历山德洛维奇·肖洛霍夫，俄国至苏联时期的作家，1905 生于顿河河畔维奥申斯克镇一户农民家庭，他的一生中绝大部分时间在那里度过。肖洛霍夫仅受过 4 年教育，靠自学读了大量文学书籍。1920 年顿河地区建立苏维埃政权后，他热情参与了红色政权组建时的一些工作，如担任办事员和扫盲教师，参加武装征粮队等。

1922 年底，肖洛霍夫来到莫斯科。他干过搬运工、杂工和文书，并开始从事文学活动，还参加了文学团体"青年近卫军"。1924 年，肖洛霍夫开始在杂志上发表短篇小说，并加入俄罗斯无产阶级作家联合会（拉普）。1926 年，他把这些作品集结成作品集《顿河故事》和《浅蓝的草原》出版，受到文坛的关注。

从 1928 年开始，肖洛霍夫返回维奥申斯克镇，开始写作长篇巨著《静静的顿河》第一部，该作品跨越了 1912 年至 1922 年最重要的这十年。肖洛霍夫 1930 年加入苏联共产党，各种社会活动更加忙碌，其间发表长篇小说《被开垦的处女

年轻的肖洛霍夫

地》第一部,于 1939 年当选为苏联科学院院士。

经过 14 年时间,肖洛霍夫在 1940 年最终写成长篇巨著《静静的顿河》,共 4 部 8 卷,引起了极大的反响,1941 年获得苏联政府首次颁发的斯大林奖金。

卫国战争时期,肖洛霍夫当上了一名战地记者。在战争的头几个月,他的《顿河上》《在南方》和《哥萨克人》等随笔就在各类期刊上发表。1943 年至 1944 年开始登载小说《他们为祖国而战》的章节。1945 年 9 月,他因在战争期间的贡献获一级卫国战争勋章,1952 年任保卫世界和平委员会委员,1955 年获列宁勋章。1957 年发表的短篇小说《一个人的遭遇》产生了很大的反响。

1965 年,因其"在描写俄国人民生活各历史阶段的顿河史诗中所表现出来的艺术力量和正直品格",而被授予诺贝尔文学奖。

1984 年,肖洛霍夫因病去世,终年 79 岁。

描写俄国人民各历史阶段的顿河史诗

肖洛霍夫的创作,始终围绕着顿河以及哥萨克的命运。他的笔触所及,大都反映了处于历史转折时期的哥萨克人民的生活变迁,塑造了许多个性鲜明的民族人物形象,并以独特的开创性,使小说具有了悲剧史诗的艺术风格。其中最著名的是获得诺贝尔文学奖的《静静的顿河》。

《静静的顿河》是一部波澜壮阔的史诗性作品,时间跨越"一战"至苏维埃政权建立 10 年,历经二月革命、科尔尼洛夫叛乱、十月革命、顿河内战、白军叛乱等气势雄浑的重大历史事件。并将笔触伸向了广阔的空间,和丰富深邃的人物命运水乳交融,勾画出一幅哥萨克社会的风土人情画卷,揭示了顿河哥萨克中间阶级关系的复杂性和斗争的尖锐性,以及哥萨克人民走向革命的艰苦历程。

在结构上,全书有两条情节线索:一条以麦列霍夫的家庭为中心反映哥萨克的风土人情、社会习俗;另一条则以布尔什维克小组活动所触发的革命与反革命的较量以及社会各阶层的政治斗争为轴心。两条线索纵横交叉层层展开步步推进,共同呈现出风起云涌的哥萨克乡村生活。

小说中人物众多,个性鲜明,上至将军统帅下至一般群众都塑造得很有个性,其中几个主要人物的形象尤为丰满而有深度,主人公葛利高里因其坎坷、复杂的经历,成为世界文学人物画廊中十分耀眼的一位。同时,小说在叙事方式上突破了传统悲剧的固有模式,不去刻意制造悲剧效果,却营造出更为深远和开阔的精神境界。另外,小说中的画面描写极为生动,对顿河草原的壮丽景色、哥萨克习俗细节的描绘,以及对哥萨克人幽默风趣的语言、民歌民谣的运用非常出色,使作品充满了乡土气息。

肖洛霍夫是俄罗斯文学的杰出代表,也是第一个获得东西方普遍公认的苏联作家。他超越了时代的局限,高歌人道主义,坚持描写社会现实,在苏联文学史中占有重要地位。

《日瓦戈医生》轰动世界

> 帕斯捷尔纳克的《日瓦戈医生》，表现了社会各阶层60多个人物，其中最主要的是一批知识分子。叙说了他们在历史变动年代的复杂情绪感受，以及他们对时代所进行的思考。

俄罗斯抒情诗人和叙事文学作家

鲍里斯·列昂尼多维奇·帕斯捷尔纳克是苏联时期诗人、小说家，1890年生于莫斯科一个犹太家庭。1909年，帕斯捷尔纳克进入莫斯科大学法律系，后转入历史哲学系，1912年夏赴德国马尔堡大学攻读德国哲学，研究新康德主义学说。第一次世界大战爆发后回国，在乌拉尔一家工厂当办事员。十月革命后返回莫斯科，任教育人民部图书馆职员。同时开始文学创作，先后发表了多部诗集，确立了他在诗坛上的地位。

20世纪20年代后期，帕斯捷尔纳克开始搜集素材，动手创作长篇小说《日瓦戈医生》。1957年，这部对历史深沉思考的长篇小说在西方出版后，立即引起强烈反响。1958年因为"他在当代抒情诗和伟大的俄罗斯叙事文学传统领域中，都取得了极为重大的成就"而获得诺贝尔文学奖。但却遭到了猛烈的攻击，使他被迫拒绝诺贝尔文学奖，从此他过着离群索居的生活。

1960年5月30日，帕斯捷尔纳克在莫斯科郊外寓所中病逝。

人道主义批评著作

帕斯捷尔纳克是苏联时期的著名诗人和小说家，他在西方的影响，超过了当时苏联国内许多走红的作家。诗歌代表主要有《云雾中的双子星座》《在街垒上》《生活啊，我的姊姊》《主题与变调》《施密特中尉》《1905年》《在早班车上》等；小说散文代表作有《柳威尔斯的童年》《空中路》《安全证书》《日瓦戈医生》等。尤其长篇小说《日瓦戈医生》等，为他带来了巨大

的荣誉，被认为是苏联文学继肖洛霍夫《静静的顿河》后，又一篇经典之作。

《日瓦戈医生》的内容背景大多是在 1910 到 1920 年，描述的是俄国医生尤里·安得列耶维奇·日瓦戈与妻子冬妮娅以及美丽的女护士拉拉之间的三角爱情故事。反映出作家在战后岁月里从一个独特的视角对 20 世纪前期俄国历史所作的一种回望。

《日瓦戈医生》一直被认为是一部带有自传体裁的作品，小说的中心人物尤里·日瓦戈是一名医科大学生，并经受过历次战争和革命风雨的洗礼。作者通过十月革命和内战前后的经历，塑造出一位诚实、正直，但思想极为矛盾的俄国旧知识分子形象，反映了旧知识分子内心矛盾和曲折经历。

值得称道的是，《日瓦戈医生》中很少能看到关于社会重要事件的具体而直接的描写，而是以日瓦戈的活动、言论和思考构成作品的内容主干，他以诗歌和札记的形式，将自己的所见所闻、所感所思记述和表现出来。同时，运用了隐喻与象征手法，通过主人公的梦境与幻觉来表现人物心理、命运或人物之间的关系。在他所目睹的所有"混乱"之中，却始终闪现着精神的光芒，反映了俄国两次革命之间人们对历史进程的反思。

罗曼·罗兰《约翰·克利斯朵夫》

1890 年，罗曼·罗兰开始创作《约翰·克利斯朵夫》，小说反映了世纪之交风云变幻的时代。该小说于 1913 年获法兰西学院文学奖，罗曼·罗兰被认为是法国当代最重要的作家。

争取人类自由民主的斗士

罗曼·罗兰是 19 世纪末 20 世纪前半期法国最杰出的现实主义作家，1866 年出生于法国中部高原上的小镇克拉姆西的一个公证人家庭。15 岁随父母迁居巴黎，曾入读艺术学校，20 岁考入巴黎高等师范学院，研究哲学和历史。毕业后曾到意大利考察过艺术，回国后，在巴黎大学教艺术史，从此开始了写作，从 1898 年开始发表作品。

由于罗曼·罗兰自幼喜爱音乐，他在 20 年间一直在酝酿一部描写音乐家的小说，脑子里有了基本雏形后，从 1904 年动笔，用了 8 年的辛苦耕耘，终于创作出 10 卷长篇小说《约翰·克利斯朵夫》，这部被誉为 "20 世纪第一部伟大小说" 使他一举成功，并于 1913 年、1915 年先后获法兰西学院文学奖金和诺贝尔文学奖。

但就在这时，第一次世界大战爆发。罗兰积极反对帝国主义战争，同情被压迫民族的革命斗争，主张人道、和平，这却被斥责为协助敌人。特别是他的反战政论《超乎混战之上》，更使他被骂为 "卖国贼"，一时之间陷入了众叛亲离的境地，幸好他那时正客居瑞士，若在国内，很可能遭到暗杀。

但罗兰不为所动，矢志不渝。1917 年，俄国十月革命爆发，罗兰与法朗士及巴比塞等著名作家一起反对欧洲帝国主义国家的干涉行动。1935 年应高尔基的邀请访问了苏联，并与斯大林见面。1937 年，罗兰从瑞士返回故乡定居。

第二次世界大战期间，1940 年，德军占领巴黎，罗兰本人被法西斯严密监视，但罗兰仍闭门写作，表达他对侵略战争的抗议。他的书籍被纳粹分子焚毁，法国傀儡政府禁止学校用他的作品作为教材和读物，罗兰处境极为艰难。直到 1944 年 8 月纳粹败退，巴黎解放，他才重获自由。但就在 12 月，罗曼·罗兰与世长辞了，不过欣慰的是，他最终看到了自己毕生追求的信仰又重现光明。

长河小说的开山之作

罗曼·罗兰自 1931 年发表《向过去告别》时起，就积极参加反对帝国主义战争、保卫和平的活动，成为进步的反帝反法西斯的文艺战士。他的主要作品有取材于法国大革命的《革命戏剧集》等剧本 8 部；《贝多芬传》《米开朗琪罗传》《托尔斯泰传》3 部英雄传记；长篇巨著《约翰·克利斯朵夫》和中篇小说《哥拉·布勒尼翁》以及一系列反映其反对战争、反对一切暴力、倡导"精神独立"等思想的论文和一系列散文、回忆录、论文等。

10 卷长篇《约翰·克利斯朵夫》是罗曼·罗兰的代表作，全书共分 4 集，以巴黎公社失败后到第一次世界大战的欧洲为背景，描写了音乐家约翰·克利斯朵夫从儿时音乐天赋被唤醒到青年时代的蔑视权贵，再到成年后追求事业的成功，最后达到精神宁静的崇高境界。通过主人公奋斗的一生，反映了现实社会一系列矛盾冲突，暴露了资产阶级社会的虚伪、淫乱、无耻，宣扬人道主义和英雄主义，并愤怒地揭发了巴黎文坛上的捐客风气和形式主义文风的空虚，表现出进步的人生观、宇宙观和艺术观。

《约翰·克利斯朵夫》成功塑造了一个为追求真诚的艺术和健全的文明而顽强奋斗的平民艺术家的形象，他真诚执着、豪放倔强，具有强烈的决不向恶劣环境妥协的反抗精神和为实现理想而不懈追求的英雄气概。但是，他的英雄主义和博爱思想，也是个人主义和资产阶级的人道主义，这种思

《约翰·克利斯朵夫》插图

想局限又使他陷入深刻的矛盾,并导致个人反抗以失败告终。

在艺术上,《约翰·克利斯朵夫》开创了"长河小说"这一艺术体裁。作品以主人公的经历构成基本情节,次要的人物虽各自有其独特的命运和遭遇,但时时呼应主线。整部作品就像一条由许多支流汇集而成的大河,奔腾不息。

《约翰·克利斯朵夫》又是一部"音乐小说",作者用他对音乐精神的深刻理解,全书无处不富有音乐色彩。主人公的喜怒哀乐、悲欢离合,巧妙地被编织在交响乐般的旋律之中,形成一个和谐而完美的整体,歌颂了一种充满生命力的音乐理念。同时又通过音乐折射了不同民族精神的融合与冲击,把一代人的奋斗与激情用宏大优美的艺术手法表现得淋漓尽致。

美国首位获得诺贝尔文学奖的作家刘易斯

20世纪美国的文学，继承了马克·吐温的传统，继续对社会进行辛辣的讽刺和严正的批判，产生了许多作家和优秀作品。刘易斯是20世纪文学反映社会现实的杰出代表。

美国第一个获诺贝尔文学奖的作家

辛克莱·刘易斯是美国著名作家，1885年出生于明尼苏达州的索克中心镇一个医生家庭。童年时刘易斯由于性格孤独，被认为是个古怪的孩子而常被同伴们嘲笑欺负。17岁时，他远离家乡到外地求学，经过半年预科学习，考入耶鲁大学。其间曾一度离校到社会主义性质的居民试验区和纽约、巴拿马等地考察。

1908年刘易斯大学毕业，先后在几家出版公司打工，并开始创作。两年后，他回到纽约成为记者和编辑。1914年，他的第一部长篇小说《我们的雷恩先生》问世。1916年，他辞去编辑工作，专门从事写作。

1920年，刘易斯出版小说《大街》一举成名；之后又推出《巴比特》和《阿罗史密斯》。这三部作品被认为是他的最优秀之作。此后他又写了《艾尔麦·甘特利》《多兹沃思》等长篇小说。1930年，"由于其描述的刚健有力、栩栩如生和以机智幽默创造新型性格的才能"，他成为美国第一位获得诺贝尔文学奖的作家。

1951年1月10日，因心脏病突发，刘易斯在罗马近郊逝世。

深入细致地剖析美国社会的著作

辛克莱·刘易斯创作生涯将近40年，身后留下了20部长篇小说，主要作品有《大街》《巴比特》《阿罗史密斯》等。另外还有《短篇小说选》、书信集《从大街到斯德哥尔摩》、杂文集《来自大街的人》以及3个剧本等。

刘易斯像

刘易斯的小说大多以乡村和小市镇生活为题材，善于描绘小镇风貌，刻画市侩典型，深刻地揭露和讽刺了20世纪初的"美国生活方式"；风格粗犷疏放，语言诙谐直率。这代表了美国新文学的重要特点之一。

如在代表作《大街》中，女主人公卡罗尔·肯尼科特随同做医生的丈夫迁居到他的老家明尼苏达的格佛普里雷镇，一条横贯小镇的丑陋大街两侧，举目所见全都是毫无美感的建筑，小镇的居民顽固保守、乏味无趣。在此之前，作家对美国郊区村庄的描述都是清洁、被推崇和私人汽车盛行，而这时通过罗尔的所见所感，"戳穿了小城完美道德的神话"，深刻批判了美国的传统价值观念。

而在另一部重要作品《巴比特》中，刘易斯则通过巴比特表面上夫妻、父子、父女彬彬有礼，实际上冷若冰霜，嘲讽了社会的市侩习气。由此"巴比特"成了所有盲目遵从本阶级社会道德标准的商人的代名词。

在艺术上，刘易斯擅长用批判而又同情的笔调描写美国中产阶级的生活，语言风格粗犷、幽默、富有活力，善于使用夸张和讽刺的手法，使作品充满了浓郁的乡土气息。

米切尔《飘》

20世纪的美国文学创作中，有两位著名的女性作家不容忽视，一个是号称"中国通"，并获得诺贝尔文学奖的赛珍珠，另一个是仅凭一部作品屹立美国文坛的玛格丽特·米切尔。

亚特兰大的女英雄

玛格丽特·芒内尔林·米切尔是和20世纪同岁的美国女作家，1900年出生于美国佐治亚州亚特兰大市的一个律师家庭。父亲曾经是亚特兰大市的历史学会主席，所以从记事时起，米切尔就时时听到父亲与朋友们谈论南北战争。

长大后，米切尔曾就读于马萨诸塞州的史密斯学院，后因母亲病逝不得不中途退学回家主持家务，并从1922年起，开始用自己的昵称"佩吉"为《亚特兰大日报》撰稿。之后4年中署名发表了129篇作品，另外还有大量未署名的稿件，这些稿件中有一组便是玛格丽特为过去南方邦联将领写的专题报道。

在此期间，米切尔经历了一次失败的婚姻，1925年，她与约翰·马施结婚；次年由于腿部负伤只得辞去报社的工作，在丈夫的鼓励下，她潜心致力于创作。这时她决定以亚特兰大为背景，创作一部有关南北战争的小说。经过10年的酝酿、创作、修改，1936年终于完成了不朽的著作《飘》，被誉为"亚特兰大的女英雄"。

1949年8月11日，米切尔与丈夫出门看电影时发生车祸，5天后逝世。

一部感人的佳作，一个不朽的传奇

米切尔一生中只发表了《飘》这部长篇巨著，但这部仅有的小说就奠定了她在美国文学史上不可动摇的地位。

《飘》电影剧照

小说《飘》是一部具有浓厚的史诗风格的作品，以19世纪60年代美国南北战争和战后重建为背景，叙述了姿色迷人、聪明任性、好强能干的庄园主小姐斯佳丽纠缠在几个男人之间的爱恨情仇，生动形象地再现了美国南部种植园经济由兴盛到崩溃，奴隶主由骄奢淫逸到穷途末路、疯狂挑起战争直至失败灭亡，并终为资本主义经济所取代这一美国南方奴隶制度的崩溃史。它既是一首人类爱情的绝唱，又是一幅反映社会政治、经济、道德诸多方面深刻变化的历史画卷，堪称美国历史转折时期的真实写照。

在《飘》中，米切尔着力刻画了斯佳丽这一争强好胜、贪婪冷酷、为达目的不择手段的女性形象，以及与她不屈不挠进行奋争的命运、生活相关的瑞德、艾希礼、媚兰等那个时代的许多南方人的形象，他们的习俗礼仪、言行举止、精神观念、政治态度，以至于衣着打扮等，在小说里都叙述得十分详尽，成功地再现了那个时代美国南方这个地区的社会生活。

《美国的悲剧》震动美国社会

1925 年，长篇小说《美国的悲剧》出版，立即震动了整个美国社会，给德莱塞带来世界性的声誉。这部作品标志着他的创作进入新阶段，反映了他文学的最高成就。

美国现代小说的先驱

西奥多·德莱塞是美国批判现实主义作家，1871 年出生在印第安纳州的特雷乌特，父亲是个德国移民编织工。由于父亲经营的纺织工场发生火灾致使家庭破产，德莱塞只上了两年中学，15 岁便被迫外出谋生，先后当过洗碗工、机修工、汽车司机等。这些经历使他接触到下层社会和各种人物，为日后创作积累了丰富的素材。

1900 年，德莱塞完成了第一部长篇小说《嘉莉妹妹》。虽然这部小说因被指控"有破坏性"而长期被禁止发行，但却引起了许多有影响的作家的注意。10 年后，德莱塞出版了《嘉莉妹妹》的姊妹篇《珍妮姑娘》，销路大增，德莱塞因此成为专业作家。

此后 20 年，德莱塞完成了 5 部长篇小说、4 部短篇小说集和许多其他文体的作品，其中《欲望三部曲》的前两部《金融家》和《巨人》对当时美国社会产生了巨大的影响。而以真实的犯罪案件为题材的长篇小说《美国的悲剧》一问世即轰动全美，这些作品被介绍到其他国家之后，使德莱塞成为享誉世界的作家。

1927 年，德莱塞到苏联进行访问；1941 年被选为美国作家协会主席，并曾获美国文学艺术学会荣誉奖；1945 年 8 月，德莱塞以 74 岁高龄加入美国共产党，同年 12 月 28 日病逝。去世后，《欲望三部曲》的最后一部《斯多噶》才发表。

德莱塞像

批判现实主义的力作

德莱塞以其批判现实主义的文风，在 20 世纪二三十年代群星灿烂的美国小说黄金时期异军突起，独领风骚，被誉为"20世纪美国现代小说的先驱"。主要作品有《天才》《欲望三部曲》《美国的悲剧》《堡垒》等。

德莱塞的代表作《美国的悲剧》是一部庞大的巨著，被当时的评论家们赞为"我们这一代最伟大的美国小说"。主人公克莱特是个极普通的美国青年，他既无显赫的家世，又无高深的学问，更无突出的才能，所以他的形象也就更有典型意义。小说通过主人公的命运，揭穿了美国社会流行的利己主义人生哲学，而这正是造成克莱特犯罪的动机，所以他又是个受害者。正如书名所示，克莱特的悲剧不属于西方文学中古典型的性格悲剧，而是更具普遍性的社会悲剧，即"美国的悲剧"。

德莱塞突破了美国文学中"高雅"传统，并不以他的风格著称，而是他作品的现实性，他笔下人物性格的发展变化以及他对美国生活的看法。他在小说中运用高度典型化的手法，揭示了造成主人公精神堕落、人格异化的典型环境。贫民窟里的凄惨景象和有钱人的世界里却又灯红酒绿形成巨大差异，很容易铸成腐朽灵魂的滋生。

德莱塞的创作，表明了现实主义在美国的成熟。他忠于生活，大胆创新，突破了美国文坛上传统思想禁锢，解放了美国的小说，给美国文学带来了一场革命，因此被认为是同海明威、福克纳并列的美国现代小说的三巨头之一。

"迷惘的一代"的杰出代表海明威

第五十四届诺贝尔文学奖颁发给了美国作家海明威，因为他"精通于叙事艺术，突出表现在他的小说《老人与海》之中；同时也因为他在当代文学风格中所发挥的影响"。

"迷惘的一代"的代表作家

欧内斯特·米勒尔·海明威是美国作家和记者，1899 年出生在伊利诺伊州芝加哥郊外的一个医生家庭。在海明威小时候，喜欢狩猎、运动的父亲就一心培养他"男子汉"的兴趣和性格。小海明威 3 岁时就拿着父亲给他买的钓鱼竿去了河边，10 岁时又举着猎枪练习射击，14 岁开始学拳击，并在 16 岁时开始认真写作。

24 岁时，海明威发表了第一个作品集《在我们的时代里》，从而一炮走红。两年后的长篇《太阳照常升起》，则奠定了他在文坛的地位，被冠以"迷惘的一代"的代表作家。

20 年代末，海明威回到美国，写出了反映现实的短篇小说，如《非洲的青山》《午后之死》《永别了，武器》等，描写处于死亡边缘的斗牛士、拳击家、猎手、渔夫等"硬汉性格"。

1936 年，海明威参加了国际纵队，在西欧做战地记者，曾 4 次前往西班牙报道，并且亲自参加过战斗。这一时期的重要作品是《丧钟为谁而鸣》。1944 年，他因灯火管制时汽车失事受了重伤，几家报纸登了讣告，但他在诺曼底登陆那一天随一个著名的师突入法国，指挥着自己的非正式而有效的机动部队最先冲进巴黎，因此获得了铜星勋章。

战后，海明威居住在哈瓦那附近的一个农庄，古巴革命后又迁居美国爱达荷州。他或去意大利、非洲打猎，或去西班牙看斗牛。在意大利打野鸭时伤了眼睛，在非洲打猎时两天内遭遇两次飞机失事，又一次次大难不死。这时又写出了许多作品，著名的有《渡河入林》和《老人与海》。1954 年，海

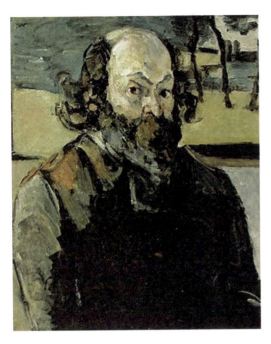

海明威画像

明威获得诺贝尔文学奖。

晚年的海明威罹患多种疾病，他不堪忍受痛苦折磨，于1961年7月2日用猎枪自杀身亡。

文化英雄的"硬汉"派名作

海明威被誉为美利坚民族的精神丰碑，并且是20世纪蜚声世界文坛的美国现代小说家，他在62年的生涯中，写下了《太阳照常升起》《永别了，武器》《丧钟为谁而鸣》《老人与海》等作品，曾以"迷惘的一代"的代表、"新闻体"小说的创始人著称。

使他获得巨大荣誉的代表作《老人与海》，是一部融信念、意志、顽强、勇气和力量于一体的书。它围绕一位老年古巴渔夫，与一条巨大的马林鱼在离岸很远的湾流中搏斗而展开故事的讲述，让人彻底理解了什么样的人才是打不垮的，坚不可摧的精神力量究竟是什么样的，完美地体现了作者所说的"你尽可把他消灭掉，可就是打不败他"的思想。

海明威创作成熟期的一部重要作品《永别了，武器》，也是"迷惘的一代"的代表作之一。作品的背景是第一次世界大战中的意大利战场，通过主人公的爱情悲剧谴责了战争的残酷和非理性，带有明显的反战主题思想。同一主题的《丧钟为谁而鸣》凭借其深沉的人道主义力量感动了一代又一代人，是海明威流传最广的长篇小说之一。小说中所刻画的乔丹这一反法西斯战士的光辉形象，具有积极的鼓舞斗志的力量。

从叙事的方式来看，海明威小说的对话是"展示"，而不是"讲述"，对话使叙述者完全让位于人物，把模仿话语推向极端，把发言权全部交给了人物，彻底抹去了叙述的痕迹。这种叙事方式显得细致入微。

海明威有着出色的语言驾驭能力，他常以最简单的词汇表达最复杂的内容，用基本词汇、简短句式等揭示事物的本来面目，毫无矫揉造作之感。在这种质朴无华的文字中，人们可以感受到深刻的艺术境界，也使作品具

有更多的亲和力与真实性。为了配合这种表达的简洁，他的对话尽量写得很好懂，不用深奥冷僻的词，不用大词，而用小词，只要读者按照顺序读下来，完全能明白每一段话的说话者是谁。

海明威的笔锋一向以"文坛硬汉"著称，他以其独特的艺术风格和高超的写作技巧创造了一种简洁流畅、清新洗练的文体，净化了一代的传统文风，在欧美文学界产生了巨大的影响。

德国文学的又一座高峰：托马斯·曼

德国作家托马斯·曼是一位运用语言的艺术家。他常使用一些冷漠的、经过推敲的、表达缜密的、不带感情色彩的语句，其中蕴含着一种使人难以觉察的、略寓讽刺的意味。

争取和平与民主的一生

托马斯·曼是德国 20 世纪初著名小说家和散文家，1875 年出生于德国北部卢卑克城一家望族。他的父亲是经营谷物的巨商，母亲爱好音乐、文学和艺术，因此托马斯·曼受到父亲的实用主义与母亲的艺术气质的熏陶。

青少年时代，托马斯·曼表现出对写作的爱好，并与人共同编辑出版杂志《春天风暴》。1891 年父亲去世后，托马斯·曼的监护人认为他毕业后应该选择一个正当的职业。托马斯·曼于是任职于一家火灾保险公司，做着极其无聊和不具挑战的工作。1895 年，他放弃了这一工作，去慕尼黑技术大学参与历史、艺术和文学课程教学。

1896 年，21 岁的托马斯·曼从父亲所遗留下来的财产中获得足够支撑生活的资金，于是决定从被动的教学活动中解脱出来，从事文学创作。一年后，开始他第一部长篇小说《布登勃洛克一家》的创作。1901 年这本小说发表并立即获得巨大成功，从此奠定了托马斯·曼在德国的文学地位，成为专业作家。

1912 年，托马斯·曼的中篇小说《在威尼斯之死》被搬上银幕，引起了国际上的注视。第一次世界大战爆发后，托马斯·曼深受叔本华和瓦格纳影响，把战争看成是某种精神的净化、解放和希望，并认为战争可以保卫德意志的民族精神。但当时斯蒂芬·茨威格、施尼茨勒、罗曼·罗兰以及自己的哥哥亨利希·曼都是反战的。德国在战争中的失败，使托马斯·曼的思想发生了巨大变化，他从艺术个人主义者转向坚定的共和主义者。写出了《国王陛下》《魔山》等长篇小说。1929 年荣获诺贝尔文学奖。

1933 年希特勒上台，托马斯·曼撰文谴责法西斯对德国文化的歪曲和破坏，因此受到迫害，只得流亡到瑞士，5 年后又移居美国。但他仍坚持参加反法西斯组织，1936 年公开表达"现在的德国政权对德国和世界都不会有什么好处"，因此被剥夺了德国国籍。他毫不退缩，声明不承认那个"占据在德国土地上的灭绝人性的统治政权"。

1955 年 7 月 20 日，托马斯·曼被确诊患了血栓，8 月 12 日逝世，享年 80 岁。

德国资产阶级的"一部灵魂史"

托马斯·曼为人民争取和平与民主的事业献出了自己光辉的一生，他以 60 多年如一日的勤劳创作，丰富了德国文学和世界文学的宝库。其代表作长篇小说《布登勃洛克一家》被看作德国 19 世纪后半期社会发展的艺术缩影，被誉为德国资产阶级的"一部灵魂史"。另外还有《魔山》《绿蒂在魏玛》《约瑟夫和他的兄弟》以及《浮士德博士》等。

《布登勃洛克一家》无疑属于批判现实主义文学。小说故事发生在 1835 年以后的 40 年间。通过描述大商人布登勃洛克所代表的资产阶级城市贵族家庭，在经历了 4 代后，由开始的繁荣走向了没落，反映了德国从"自由竞争"资本主义走向垄断资本主义这个历史过程，揭示出德国市民社会在经济、社会地位和道德等方面的衰落和瓦解，预示出其灭亡的必然趋势。

在《布登勃洛克一家》中，托马斯·曼以现实主义深微精细的笔调，层

《布登勃洛克一家》
电影剧照

层叠叠地展开着生活的画面, 通过典型化的提炼, 显示出生活的真实。其中的许多篇幅, 带着浓厚的情趣, 生动而细致地描绘了婚丧喜庆一类的家庭生活场面, 构成了一幅幅色彩鲜明的风俗画。而这些场面既是生活习俗的描绘, 又标志了故事发展的新阶段。因此它们并不是流水账式的交代, 而是对小说情节的发展有着预示作用。

小说使 40 年的生活前后贯连、融为一体, 埋下了许多伏线, 在结构上疏密有度。在艺术上体现出情景交融的特色, 既突出了每个人物的性格, 又有助于衬托故事的矛盾冲突, 推进着故事的行进。

卡夫卡的表现主义文学

　　表现主义文学产生于 20 世纪初，是继象征主义之后风行欧美的一个现代主义流派，当德国的表现主义 20 年代中期开始低落时，卡夫卡的表现主义小说成为表现主义第二个冲击波。

奥地利现代文学奠基人

　　弗朗茨·卡夫卡是奥地利现代派文学的奠基人之一，1883 年生于奥匈帝国时期捷克首府布拉格一个犹太商人家庭，从小生活于坚强而粗暴的父亲管制之下，但爱好文学、戏剧。卡夫卡在小学与中学时学习德语，中学毕业后一度学过文学和医学，后来遵从父命进入布拉格大学学习法律。接受了存在主义哲学思想和中国老庄哲学的影响，并开始文学创作短篇小说《一场战斗纪实》。

　　1912 年通宵写出短篇《教父》，从此建立自己独特的风格。1913 年出版了小品集《观察》和长篇小说《美国》的第一章《火夫》，后者 1915 年获得封塔涅德国文学奖金。此后几年出版了《变形记》《判决》《乡村医生》和《在流放地》和其他几十篇中短篇小说。

　　卡夫卡作为公职人员长达 14 年，身患结核症，自 1917 年开始咳血，身体羸弱，后病重辞职。1924 年，卡夫卡的喉头结核恶化，死于维也纳近郊的一所疗养院，年仅 41 岁，此时长篇小说《城堡》尚未完成。

表现主义文学的天才之作

　　卡夫卡生活的时代，第一次世界大战爆发，社会主义思想在奥地利传播，同时浩浩荡荡的工业化潮流不断冲击着社会。卡夫卡虽生前发表的作品不多，但凭着默默无闻的勤奋创作，在 10 多年写出了数十篇短篇小说、3 部长篇小说以及日记、书信等，不下几百万言。代表作如长篇小说《美国》《审

《变形记》插图

判》《城堡》，短篇小说《中国长城的建造》《判决》《饥饿艺术家》等，被誉为"表现主义文学的先驱"和"天才小说家"。

如卡夫卡最具特色的短篇小说之一《变形记》，小说通过小职员格里高尔·萨姆沙做了一个噩梦，早晨醒来发现自己变成大甲虫而最后死去的故事，探索了现代社会中人的"异化"问题，表明现代社会中人的绝对孤独感。格里高尔眼中的世界是陌生的，周围的人也对他极其冷漠，他既无法主宰自己的命运，又得不到周围人的援助。深刻表现资本主义社会里人与人之间、人与社会之间、人与物之间的关系严重扭曲。

与《变形记》类似，卡夫卡的几乎每一部作品，无一不在昭示着苦痛、绝望和孤独的命题，这些东西被卡夫卡从人类几乎不可能到达的深处挖了出来，很多年以后，人们被卡夫卡的发现震惊了。

在卡夫卡的作品中，着重塑造的都是生活在下层的小人物，在这个充满矛盾、扭曲变形的世界里，他们惶恐不安又孤独迷惘，备受压迫却又不敢也无力反抗，向往明天又看不到出路。这一幅幅生活画卷，令人感到一阵阵震惊和恐惧，并为人类的未来担忧。

卡夫卡的作品结构散乱，情节多不连贯，思路跳跃性很大。同时，他大量使用了象征性的语言，显得主题曲折晦涩。但是，蕴含在作品中那些入木三分的描写、独到的认识和深刻的批判，都深深地吸引着读者。

意识流小说的先驱《追忆似水年华》

普鲁斯特的《追忆似水年华》，改变了人们对小说的传统观念，革新了小说的题材和写作技巧，开启"意识流"小说之先河，使之成为文学史上新的文学形式的标志。

法国意识流小说大师

瓦伦坦·路易·乔治·欧仁·马塞尔·普鲁斯特是法国20世纪伟大的小说家，意识流小说大师。1871年出生在巴黎一个艺术气氛浓厚的家庭，但从小就因哮喘病而养成了极度内向敏感的气质。

1882年，普鲁斯特就读于巴黎贡多塞中学。在这所大资产阶级子弟聚集的学校中，他结识了作家法朗士和其他一些文学界名流，并成为贵族世家沙龙的常客。

1889年中学毕业后，普鲁斯特开始为报刊撰写有关贵族沙龙生活的专栏文章，发表评论、小说和随笔，还翻译了拉斯金的两部著作《亚眠的圣经》和《芝麻与百合》。此后几年，他开始创作自传体长篇小说《让·桑得伊》。

1903年至1905年，普鲁斯特的父母先后去世。他的哮喘病时常发作，只能闭门写作。在写作《若望·桑德伊》和《驳圣伯夫》的同时，开始构思长篇小说《追忆似水年华》，1913年小说全部布局轮廓已定。小说第一部《斯万之家》1913年出版后，没有引起公众太大反响。1919年，小说第二部《在花枝招展的少女们身旁》出版后获得龚古尔文学奖，他因此而一举成名。

1920年至1921年，普鲁斯特发表第三部《盖尔芒特之家》前两卷；1921年至1922年发表第四部《索多梅和戈莫勒》前两卷。他长年与病魔作斗争，知道自己时日无多，因此夜以继日地工作，终于在逝世前将作品全部完成。

1922年11月8日，普鲁斯特最终被病魔夺走了生命。《追忆似水年华》的第五部《女囚》和第六部《逃亡者或失踪的阿尔贝蒂娜》、第七部《过去

普鲁斯特画像

韶光的重现》在他死后几年陆续发表。

呕心沥血的长篇巨著

普鲁斯特的一生只有两件大事, 一是自幼便与哮喘病作斗争, 另外便是创作出《追忆似水年华》这部不朽的意识流小说巨著。

《追忆似水年华》卷帙浩繁, 4000 多页、200 多万字, 是一部与传统小说不同的长篇小说。全书除了第一部中关于斯万的恋爱故事采用第三人称描写手法外, 其余都是通过第一人称叙述出来的, 以叙述者 "我" 对自己青春的无限怀恋与追念为主体, 将其所见所闻所思所感融合一体, 描绘了 20 世纪初期巴黎上层社会广阔的画面和众多的人物。

小说的故事没有连贯性, 可以说是在一部主要小说上派生着许多独立成篇的其他小说, 也没有中心人物。书中人物可分为 3 类: 一是贵族, 如盖尔芒特公爵夫妇、康布尔梅尔侯爵一家; 二是富有的大资产阶级, 其中又以犹太人居多, 如浪荡公子斯万、布洛克父子及维尔迪兰夫妇等; 三是劳动人民, 主要是作者接触最多的仆人。

除叙事以外, 还包含有大量的感想和议论、倒叙。作者善于对人物进行心理分析, 善于描绘不正常的恋爱心理。语言具有独特风格, 令人回味无穷。

《荒原》：象征主义文学的高峰

20世纪20年代，英国诗人艾略特的《荒原》将后象征主义文学推向一个高潮。后象征主义是19世纪末象征主义的继续和发展，在20世纪初形成了具有国际影响的流派。

现代象征主义文学的代表

托马斯·斯特尔那斯·艾略特是英国20世纪影响最大的诗人。1888年出生于美国密苏里州圣路易斯。祖父是牧师，曾任大学校长；父亲经商，母亲是诗人。1906年，艾略特进入哈佛大学专修哲学，同时也为《哈佛拥护者》编稿和写稿，于1909年起发表诗歌。

1915年发表《普鲁弗洛克的情歌》，成为艾略特前期最著名的诗作之一。

1917年到1919年，艾略特担任《利己主义者》刊物的助理编辑，1922年创办文学评论季刊《标准》任主编；另外还加入了费边和奎恩出版社，最后成为它的董事长。1927年，艾略特加入英国国籍并皈依英国国教。

1932年，艾略特在17年以后第一次重返美国，赴哈佛大学担任"查尔斯·爱略特·诺顿诗歌教授"，完成工作之后他又回到伦敦。

在此后35年中，艾略特又出版了诗集《四个四重奏》和代表作长诗《荒原》以及诗剧《大教堂的凶杀案》。1949年，艾略特因"对当代诗歌作出的贡献和所起的先锋作用"获诺贝尔文学奖。

1965年1月4日，艾略特在伦敦逝世。

精神的荒原

艾略特是英美新时期象征派的诗人代表之一，自1909年开始，先后出版《普鲁弗洛克的情歌》《诗集》《荒原》《艾略特诗集》《东方贤人之旅》

艾略特漫画肖像

《灰色的星期三》《诗选》《四个四重奏》等。其中，《荒原》产生于创作中期，是 20 世纪西方文学的划时代作品，现代主义诗歌的里程碑。

《荒原》全诗分为 5 章：

第一章《死者葬礼》，以第一次世界大战后西欧万物凋零的四月景象，反映出充满了虚伪和邪恶欲望的现实生活。第二章《对弈》对照上层社会妇女和酒吧间里下层男女市民的生活，显示出生活的变态和丑陋。第三章《火诫》，写情欲之火造成的庸俗猥亵，镜头对准伦敦充满诗意的过去和阴森恐怖的现在，表现出空虚而无真实的爱。第四章《水里的死亡》最短，总共只有 10 行，但有着深刻的象征含义。暗示现代人只有正视自己的罪恶，才能洗刷自己的灵魂。第五章《雷霆的话》先用耶稣被钉死在十字架上来象征信仰、理想、崇高的精神追求在欧洲大地上消失，表现了对革命浪潮的恐惧；最后借雷霆的话宣扬了宗教的"给予、同情、克制"。这样大地才会复苏，人们才会获得永久的宁静。

在艺术技巧上《荒原》是文学上的一大突破。艾略特利用神话传说的寓意，大量引用文学中的情节、典故和名词，或对其加以改动，以鲜明的形象，采用暗示和联想手法，构成一部结构严密、思想情调一致的完整诗篇。全诗语言变化多端，用了 6 种语言，但却极少用韵，大多是有节奏的自由体。

毛姆发表《月亮与六便士》

毛姆一生勤奋，著作甚多，共写了长篇小说20部，短篇小说100多篇，剧本30个，除了诗歌以外的各个文学领域，他都有独特和众多的建树，被称为英国的莫泊桑。

20世纪最受欢迎的小说家

威廉·萨默赛特·毛姆是英国小说家、戏剧家，1874年因父亲正在英国驻法使馆供职而出生在巴黎。毛姆10岁不到父母就先后去世，他被送回英国由伯父抚养。在坎特伯雷皇家公学读书时，毛姆由于身材矮小，且严重口吃，经常受到大孩子的欺凌和折磨，养成了内向孤僻的性格。

1892年初，毛姆曾去德国海德堡大学学习一年，接触到了德国哲学史家昆诺·费希尔的哲学思想和以易卜生为代表的新戏剧潮流。回国后在伦敦一家会计师事务所做见习生，6个星期后入伦敦圣托马斯医学院学医。他根据从医实习期间的所见所闻写出了第一部小说《兰贝斯的丽莎》。

1897年，毛姆放弃医学，专心从事文学创作。在接下来的几年里，他写了若干部小说，但均未引起轰动。于是转向戏剧创作，却大获成功，伦敦舞台竟同时上演他的4个剧本，使他成了红极一时的剧作家。但他这时又燃起文学创作的冲动，毅然中断戏剧创作，用两年时间潜心写作酝酿已久的小说《人性的枷锁》。

第一次大战期间，毛姆先在比利时火线救护伤员，后进入英国情报部门工作，到过瑞士、俄国和远东等地。他后来根据这段经历写出了间谍小说《埃申登》。1919年，毛姆三大长篇力作之一《月亮与六便士》问世，立刻在文坛引起轰动。

1928年，毛姆定居在地中海之滨的里维埃拉，进入创作精力最旺盛的时期。写出戏剧代表作《周而复始》《比我们高贵的人们》和《坚贞的妻子》等。而小说则有《寻欢作乐》《叶之震颤》等。

毛姆在写作中

第二次大战期间，毛姆被迫离开里维埃拉到了美国。1944年发表长篇小说《刀锋》，反响强烈，特别受到当时置身于战火的英、美现役军人的欢迎。二战结束后，毛姆回到里维埃拉，1948年创作最后一部小说《卡塔丽娜》。此后，仅限于写作回忆录和文艺评论，同时对自己的旧作进行整理。

1965年12月15日，毛姆在维埃拉去世。死后被誉为"20世纪最受欢迎的小说家之一"。

法国后印象派画家的传记

《月亮与六便士》取材于法国后印象派画家高更的生平，毛姆却采用了第一人称的叙述手法来讲述整个故事：一个职业牢靠、地位尊重的英国证券交易所经纪人，本已有美满的家庭，但却迷恋上绘画而弃家出走到了巴黎。他在异乡不仅饱受贫穷和饥饿煎熬，而且苦苦找寻不到正确的表现手法。经过一番离奇的遭遇后，他远离了文明世界，来到与世隔绝的塔希提岛上。在这个适合自己艺术气质的氛围中，他终于找到灵魂的宁静，创作出一幅又一幅震惊后世的杰作。但不幸的是，他又染上了麻风病，最后双目失明。在逝世之前，他嘱咐与他同居的土著女子，让她在他死后，把他在房间四壁精心创作的一幅表现伊甸园的伟大画作付之一炬……

毛姆在《月亮与六便士》中，通过一个醉心于艺术、不通人性世故的天才画家的人生遭遇，探索了艺术的产生与本质，提出了个性与天才的关系、艺术家与社会的矛盾等引人深思的问题。但是，毛姆却又超越了对善、恶、美、丑的鉴别，从而冷静客观地描述出人性的复杂，深刻地剖析了人性的弱点，对当时西方社会中人情冷暖、尔虞我诈的人与人之间的畸形关系进行了无情的嘲弄和讽刺，揭露了道貌岸然上流人物的荒淫无度和下层人民的苦

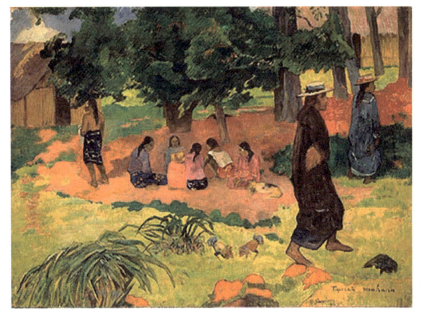

图为画家高更作品，《月亮与六便士》就是以高更为人物原型而著

难生活，反映出社会的罪恶、人性的丑恶及命运的不公。

《月亮与六便士》脉络清晰，思想深邃，人物性格鲜明，情节跌宕有致，文笔质朴自然，一问世即在文坛轰动一时，并引发了人们对摆脱世俗束缚、寻找心灵家园这一话题的广泛思考。

拒绝诺贝尔文学奖的萨特

萨特是一位哲学家，同时也是一位文学家和戏剧家，他把深刻的哲理带进了小说和戏剧创作中，主要文学代表作有小说《恶心》和剧本《苍蝇》《间隔》《恭顺的妓女》等。

哲学界的文学大师

让·保罗·萨特是 20 世纪法国著名的文学家、戏剧家、哲学家和政治评论家。1905 年出生于巴黎一个海军军官家庭。父亲是个海军军官，在萨特 15 个月大的时候在印度死于热病，他曾寄居在祖父家，从小爱好文学，读了一些名著。

1929 年，萨特大学毕业后在勒哈弗尔小城中学任教。其间曾赴德国柏林法兰西学院进修哲学，陆续发表他的第一批哲学著作，如《论想像》《自我的超越性》《情绪理论初探》等。

第二次大战爆发以后，萨特于 1938 年应征入伍，1940 年被俘，在德国的战俘营里研读了海德格尔的著作。1941 年发表《存在与虚无》，得到普遍赞誉，被称作"反对附敌的哲学宣言"。

萨特虽然早就有成为作家的梦想，并且具有了这种文采，但直到 33 岁时，他才发表第一部文学作品。先后写出中篇《恶心》、短篇集《墙》和长篇《自由之路》等小说和《苍蝇》《间隔》等剧本；1945 年还创办了存在主义的重要论坛《现代》。从此，萨特辞去教职，成为一位职业作家。

1955 年，萨特和其情人兼终身伴侣作家西蒙娜·德·波伏瓦访问中国。1960 年发表《辩证理性批判》，此外，还写了大量剧本和小说。1964 年，瑞典文学院决定授予萨特诺贝尔文学奖，被萨特谢绝，理由是他不接受一切官方给予的荣誉。

1980 年 4 月 15 日，萨特在巴黎逝世。

富含哲理的文学精品

萨特的小说代表作《恶心》发表于 1938 年, 他在书中设定主人公得了一种病症, 并指出这种病症是每个人都可能得的, 小说的主人公安东纳·罗丹冈是一个神经质的、孤独的、具有强烈自我意识的人。他发现周围的一切人和事物都与他不相融洽, 莫名其妙, 毫无意义, 因此他有时处在不适状态中而犯"恶心", 却不知道他们存在的理由。罗丹冈企图摆脱他的真实存在与疾病搏斗, 他与过去的一个或某些艺术品, 甚至一段爵士音乐来认同, 去达到某种自由。

萨特像

《恶心》这部小说一反传统, 没有繁杂的故事情节, 人物哲理化, 情节内心化, 以日记的形式展现开来, 每篇日记都记叙了主人公断断续续的心理感受, 通过主人公的联想和心理畅游, 荒唐的意念, 莫名的情绪和幻觉等对"恶心"的感受和认识过程, 反映出作者在此书中所要表达的中心思想——存在与自由。

《恶心》是现代派文学的精品, 标志着萨特存在主义世界观的确立, 同时也奠定了他在法国文坛的地位。

美国南方文学的代表福克纳

美国作家福克纳运用意识流、多角度叙述形式，用陈述中时间推移等富有创新性的文学手法，极大地丰富了小说这一传统文学载体，在时间和空间上的表现形式。

美国意识流文学代表人物

威廉·福克纳是美国文学史上最具影响力的作家之一，意识流文学在美国的代表人物，1897 年出生于名门望族。他从小喜爱文学，10 岁时已经开始阅读莎士比亚、狄更斯、巴尔扎克、康拉德等人的作品，然而，上学后由于身材矮小经常受同学欺负，因此经常旷课，成绩平平。12 岁时，福克纳继承了父亲对马匹的喜爱，也常参加合唱、打棒球，还学习了绘画。

1924 年，福克纳转而开始小说创作，几年后出版了后来被命名为"约克纳帕塔法世系"的系列小说中的第一部《沙多里斯》和代表作之一《喧哗与骚动》，受到一致好评，由此正式登上文坛。

此后的 7 年内，精力旺盛的福克纳接连写出了 9 部重要作品，并去好莱坞当电影编剧，创作了大量的战争剧本，如《解放者的故事》《掷弹手的生与死》《交战呐喊》等。

1949 年，福克纳"因为他对当代美国小说做出了强有力的和艺术上无与伦比的贡献"获得诺贝尔文学奖。

1962 年 7 月 6 日，福克纳因为心脏病突发去世，终年 65 岁。

南方文学的杰作

福克纳一生共写了 19 部长篇小说与 120 多篇短篇小说，其中 15 部长篇与绝大多数短篇的故事都发生在他所虚构的约克纳帕塔法县，因此被称为"约克纳帕塔法世系"。

其中，长篇小说《喧哗与骚动》作为约克纳帕塔法世系小说的扛鼎之作，是福克纳本人最钟爱的作品，也是备受推崇的南方文学杰作，作为一部复线结构的纯意识流小说而广受好评。

这部作品讲述的是南方没落地主康普生一家的家族悲剧。围绕凯蒂的堕落展开，她与别人私通，出嫁后又被丈夫嫌弃，留下私生女离家出走，四处流浪。而康普生家族的末代子孙由于道德败坏，陷入了精神危机之中。小说深刻地揭示了美国南方贵族文明的衰朽本质和无法挽救的覆灭命运。

《喧哗与骚动》情节中浸染着人物的复杂心理变化，塑造了一系列典型人物形象：老康普生无所事事、嗜酒贪杯；其妻冷酷自私；长子昆丁传统守旧；次子杰生贪婪无赖；三子班吉则是个白痴。而小说唯一的亮点，却是老黑奴迪尔西，她勤劳坚毅，乐观豪爽，富有同情心。

小说在叙事中穿插着细腻的感情描写，比如有大量关于三兄弟的内心独白；同时大量运用象征手法，比如金银花出场 30 多次，分别象征了性爱、失贞、软弱和痛苦、追忆往昔、家族荣誉的沦丧，等等。

黑色幽默的经典《第二十二条军规》

美国作家这部震撼人心的小说，从内容、风格、语言来说。都突破了之前小说写作的规矩，开创了全新的小说写作派别，即荒诞派，同时也开创了新创作手法，即黑色幽默。

美国黑色幽默的代表作家

约瑟夫·海勒是美国黑色幽默派及荒诞派代表作家，1923 年出生于纽约市布鲁克林一个犹太移民家庭。由于 5 岁时父亲去世，他和哥哥、母亲只好自谋生路艰难度日。童年在布鲁克林的科尼岛的火热生活中，形成了海勒日后在文学创作中表现出的独具特点的玩世不恭、街头式的机智幽默。

此后，海勒曾去英国牛津大学访问，回国后任《时代》和《展望》等杂志编辑，并曾先后在宾夕法尼亚州立大学、耶鲁大学和纽约市大学讲授小说和戏剧创作，还当选为美国艺术文学院成员。1961 年，长篇小说《第二十二条军规》问世，一举成名，当年即放弃职务，专门从事写作。以后陆续发表《轰炸纽黑文》《出了毛病》《上帝知道》《不是玩笑》《最后时光》等小说。此外，他还创作和改编了一些电影和电视剧剧本。

约瑟夫·海勒像

1999 年 12 月 12 日，海勒于纽约东汉普敦的家里由于心脏病突发不幸逝世，终年 76 岁。

当代美国文学的经典之作

海勒一生作品不算丰厚，但无论是小说还是剧本，都堪称该领域的上乘之作。他的作品取材于现实生活，注意挖掘社会重大主题，揭示现代社会中使人受到折磨和摧残的异己力量，具有一定的象征意义。

海勒的著名反战小说《第二十二条军规》被誉为20世纪60年代以来名声最盛的小说，它以第二次世界大战期间美国空军一个飞行大队为题材，通过漫画式的夸张手法，讲述了荒诞的故事。

但实际上，小说并没有具体描述战争，而重点对那"并不存在"的所谓"第二十二条军规"展开剖析：根据该军规，只有精神病人才被获准免于飞行，但必须由本人提出申请，可你一旦提交申请，恰好证明了你的精神正常。另外规定，飞行员要飞满25架次才能回国，但又要绝对服从上级命令；因此长官可以随意增加你的飞行次数。所以"第二十二条军规"是无处不在的残暴和专横的象征，是无所不能的官僚体制。它虽然荒唐可笑，但又令人无法摆脱。

其实，海勒在小说中的创作基点是人道主义，对战争和美国官僚权力制度进行了强烈的讽刺，抨击了"有组织的混乱"和"制度化了的疯狂"，他认为战争从本质上就是不道德的和荒谬的，只能制造混乱，腐蚀人心，使人失去尊严。因此无论是战争还是官僚体制，全是人在作祟，是人类本身的问题。

小说《第二十二条军规》情节荒唐滑稽，从超现实而不是从写实的角度出发，以夸张的手法把生活漫画化，表现了一种和写实性质的真实完全不同的真实。书中人物性格反常无理，被视为黑色幽默文学的经典作品，对20世纪世界文坛有着巨大的影响。

《麦田里的守望者》使塞林格一举成名

《麦田里的守望者》深入到青少年的内心世界，塑造了文学中最早的反英雄形象之一，文中崇尚自由的亲切语言受到热烈欢迎，从一问世，就给予了全世界彷徨的年轻人心灵的慰藉。

间谍出身的神秘作家

杰罗姆·大卫·塞林格是横跨两个世纪的美国作家，1919年出生于美国纽约一个富裕的犹太商人家庭。他从小性格开朗，略带叛逆，因此15岁时就被父亲送到了宾夕法尼亚州的一所军事学校，希望他能被改造成循规蹈矩的人。

1936年，塞林格在军事学校毕业。次年就被做火腿进口生意的父亲送到波兰学做火腿。不久回国继续读书，先后进了3所学院，都没读到毕业就退学，逃到纽约独自谋生，这时开始向杂志投稿，其中有《香蕉鱼的好日子》等优秀作品。

第二次世界大战爆发，塞林格于1942年从军，被迫中断了写作。经过一年多的专门训练，他被派赴欧洲做反间谍工作。塞林格亲身经历过战争的恐惧，之后写了多部以战争为题材的作品。

战争结束后，塞林格于1946年复员回到纽约，专心从事写作。1951年出版了他第一部长篇小说《麦田里的守望者》，反响很大，使他在文坛上一举成名。但之后，塞林格却在新罕布什尔州乡间的河边小山上建了一座小屋，过起了隐居的生活。虽然并未放弃写作，但之后34年他一直很少公开出版自己的作品。他之后的作品越来越倾向于东方哲学和禅宗，其中包括《法兰妮与卓依》《举高屋梁，木匠们》和《西摩简介》等。

1999年，沉默了许久的塞林格终于决定，将长篇小说《哈普沃兹16，1924》授权一个小出版商出版，其实这部小说早在1965年就曾以短篇的形式出现在《纽约时报》上。

2010 年 1 月 27 日, 塞林格在新罕布什尔州的家中去世, 享年 91 岁。

披露青春少年的成长苦闷

塞林格的传世作品也不多, 但唯——部长篇小说《麦田里的守望者》却被奉为美国当代文学的经典之作。小说的起止时间仅在 16 岁的中学生霍尔顿·考尔菲德从离开学校到纽约一天两夜的游荡过程, 通过描述主人公生活中的孤独和精神、心理上的压抑、挫伤, 反映了现代美国社会在物质条件十分优越的情况下, 人们在相互交往中所产生的矛盾和冲突, 愤怒与焦虑是此书的两大主题, 霍尔顿既是这异化社会的代言人, 同时又是这异化社会的牺牲品。

在艺术上, 塞林格借鉴了意识流的写作方法, 全书以霍尔顿的第一人称叙述, 把重心放在对人物心理的深度剖析上, 细致入微地刻面了主人公霍尔顿的矛盾心态, 充分反映出一个十几岁少年的内心世界, 道出了青春期成长的苦闷, 直指成人世界的伪善。

经久不衰的小说《百年孤独》

马尔克斯因在《百年孤独》中创造了一部风云变幻的哥伦比亚和整个南美大陆的神话般的历史，"汇聚了不可思议的奇迹和最纯粹的现实生活"，因而获得诺贝尔文学奖，成为享誉世界的文学大师。

魔幻现实主义文学的代表作家

加夫列尔·加西亚·马尔克斯是哥伦比亚作家、记者和社会活动家，也是拉丁美洲魔幻现实主义文学的代表人物。1927年生于哥伦比亚阿拉卡塔卡，童年与外祖父母一起生活。外祖父是退役军官，善良倔强，受人尊重；外祖母则能讲许多神话传说和民间故事；小马尔克斯受外祖母影响，从7岁就开始读《一千零一夜》。

马尔克斯14岁那年，全家迁居波哥大。中学毕业后考入波哥大大学攻读法律，并开始文学创作。1948年因哥伦比亚发生内战，马尔克斯被迫中断了学业。50年代初他进入《观察家报》任记者，开始出版文学作品。1955年因连载揭露被政府美化了的海难的文章而被迫离开祖国，任《观察家报》驻欧洲记者，后转任古巴拉丁通讯社记者。

1961年，他移居墨西哥，此后至1967年一直从事文学、新闻和电影工作，并开始酝酿一部长篇小说，1965年开始创作，取名《百年孤独》，小说1967年出版后，在拉丁美洲乃至全球引起巨大轰动，被誉为"再现拉丁美洲社会历史图景的鸿篇巨著"。

此后，马尔克斯出手不凡，陆续出版长篇小说《霍乱时期的爱情》《迷宫中的将军》《苦妓追忆录》和中篇小说《枯枝败叶》《一件事先张扬的凶杀案》等。1982年，获得诺贝尔文学奖，并任法国西班牙语文化交流委员会主席。同年，哥伦比亚发生地震，马尔克斯回到了祖国，发表演讲鼓励民众抗震救灾。1999年得淋巴癌后，为了抗癌接受了化疗，导致大量脑部神经元缺失，这加速了他罹患老年痴呆症。

2014 年 4 月 17 日，加西亚·马尔克斯在墨西哥首都墨西哥城因病去世，终年 87 岁。

值得全人类阅读的文学巨著

马尔克斯是 20 世纪最有影响力的作家之一，虽然在《百年孤独》发表之前，他在拉丁美洲文坛之外并不广为人知，但 1967 年这部小说甫一面世，即震惊了拉丁美洲文坛，并很快被翻译为多种语言，被誉为"值得全人类阅读的文学巨著"。

《百年孤独》全书近 30 万字，通过布恩迪亚家族七代人的兴衰荣辱和爱恨祸福的传奇经历，以及加勒比海沿岸的马孔多小镇百余年沧桑变幻，反映了拉丁美洲从 1830 年至 20 世纪末的 70 年间的历史演变和深深扎根于文化与人性中的孤独感。其内容庞杂，情节曲折，人物众多，涉及社会和家庭生活的方方面面，可以说是拉丁美洲历史文化的浓缩投影。

作家以生动的笔触，刻画了性格鲜明的众多人物，政客们的虚伪，统治者们的残忍，民众的盲从和愚昧等都写得淋漓尽致。通过布恩迪亚家族中夫妻、父子、母女、兄弟姐妹之间没有感情沟通，缺乏信任和了解，充分反映了充溢于整个家族的孤独精神。而这种孤独不仅弥漫在一个家族和一个小镇，而且进一步成为阻碍民族向上、国家进步的一大包袱。马尔克斯通过这

《百年孤独》插图

一点，真切地希望拉美民众团结起来，共同努力摆脱孤独。

《百年孤独》是一部风格独特的魔幻现实主义文学的代表作，既气势恢宏又奇幻瑰丽。小说中融入了神话传说、民间故事、宗教典故等神秘因素，巧妙地糅合了现实与虚幻，形成色彩斑斓、瑰丽奇异的图画，情节曲折离奇，人间鬼界、过去未来，变幻莫测，使人于"似是而非，似非而是"的形象中，获得一种似曾相识又陌生疏离的感受。

在艺术手法上，轻灵厚重，兼而有之，粗犷处寥寥数笔勾勒出数十年内战的血腥冷酷；细腻处对热恋中情欲煎熬的描写如泣如诉。同时语言运用自如，冷峻孤倔、幽默风趣兼而有之，因此被称为"继塞万提斯之后最伟大的语言大师"。

最应该得诺贝尔文学奖的短篇小说家博尔赫斯

博尔赫斯"三位一体"的特殊文体，大大拓展了人们对文学所可能描写之物的期待，他曾获得过数十次的各类文学奖，但耐人寻味的是，他未能获得最重要的诺贝尔文学奖。

作家们的作家

豪尔赫·路易斯·博尔赫斯是阿根廷著名作家和翻译家。1899 年出生于布宜诺斯艾利斯的书香门第之家。博尔赫斯自幼热爱读书写作，并显露出强烈的创作欲望和文学才华。7 岁时就用英文缩写了一篇希腊神话，8 岁根据《堂·吉诃德》写了一篇故事《致命的护眼罩》，竟被认为出自其父的手笔。

9 岁时，博尔赫斯一入小学就直接读 4 年级，开始系统地学习古典文学。1914 年，博尔赫斯随全家赴欧洲各国游历并定居瑞士日内瓦 5 年，1919 年又移居西班牙，结识了一些极端主义派的青年作家，创作了歌颂十月革命的组诗《红色的旋律》以及短篇小说集《赌徒的纸牌》。

1921 年，博尔赫斯回国，历任布宜诺斯艾利斯市各公共图书馆的职员和馆长；同时进行文学创作、办杂志、讲学等活动。1923 年正式出版第一本诗集《布宜诺斯艾利斯的激情》，此后又出版了两部诗集，在文坛上崭露头角。1935 年出版第一本短篇小说集，从此奠定了其在阿根廷文坛上的地位。此后佳作不断，并于 1950 年当选为阿根廷作家协会主席，同时兼任布宜诺斯艾利斯大学哲学文学系英国文学教授，被称为"作家中的作家"。

由于长期劳累，博尔赫斯患上了严重的眼疾，双目已近乎失明。但他仍以口授的方式继续创作出《迷宫》《沙之书》等优秀作品。晚年时，博尔赫斯离开了布宜诺斯艾利斯，开始其漂洋过海的短暂生涯。

1986 年 6 月 14 日，博尔赫斯因肝癌医治无效，在日内瓦逝世。

博尔赫斯画像

无与伦比的创造大师

半个多世纪以来，人们为博尔赫斯贴了许多标签：先锋派、超现实主义、神秘主义、玄学派、魔幻现实主义、后现代主义……这些既呈现了他的多个侧面，也展现了他创作的多样性，因此人们觉得，只能说他是文学上"无与伦比的创造大师"。

博尔赫斯的文学创作，以诗歌、散文和短篇小说成就最高，他的诗歌语言质朴，风格纯净，意境悠远；散文构思新颖，结构巧妙；尤其小说手法奇幻，文笔简洁。三类体裁各有千秋，相互辉映。有一种很生动的说法是："他的散文读起来像小说；他的小说是诗；他的诗歌又往往使人觉得像散文。沟通三者的桥梁是他的思想。"

在艺术手法上，博尔赫斯最突出的成就，在于将幻想文学这种令人耳目一新的文风发挥到了极致。如他的著名的短篇集《虚构集》《阿莱夫》中，就汇集了诸如梦境、迷宫、宗教等共同主题，反映了"世界的混沌性和文学的非现实感"。同时，他采用时空的轮回与停顿、梦幻和现实的转换以及象征、暗示、隐喻等手法，在真实和虚幻之间找到了一条穿梭往来的通道，将抽象艰深的历史、文学和哲学问题与现实生活、人物心灵巧妙地融为一体。

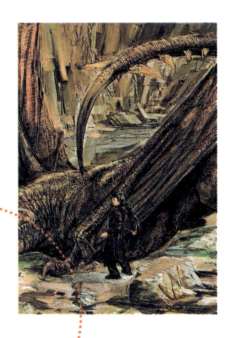

第八章
21 世纪文学

人们的时间感和距离感都在变化，他们身处运动之中，而且运动也越来越快，周围的世界都在变化，很多人对此感到不安和困惑，这一点也不奇怪。

与世隔绝再也不可能了，我们强调现在和未来，使得过去变得越来越不重要。在这种情况下，个人应该如何反应，特别是一个艺术家，他又应该如何反应？

——《剑桥艺术史》

《哈里·波特》横空出世

罗琳这个"魔法妈妈"，以她特有的天才想象力，孕育了风靡全球的小魔法师哈利·波特。她带给了全世界哈迷一个美丽的梦，更让世界文学创作进入了新的潮流。

充满幻想的女作家

乔安妮·凯瑟琳·罗琳是英国作家，1965 年出生于英国的格温特郡。父亲曾是一名飞机制造厂管理人员，母亲是一位实验室技术人员。罗琳小时候非常喜欢读书，这也让她早早就戴上了眼镜，性格有点野。稍大一点就开始写作和给妹妹讲故事，6 岁就写了一篇跟兔子有关的故事。

1970 年 9 月，罗琳开始上小学；1976 年秋，升入中学；1983 年高中毕业，入埃克赛特大学学习法语和古典文学。大学第二学年，她参加了大学的"法国实践活动"而来到巴黎，并开始尝试着英语教学。

23 岁时，罗琳大学毕业。两年后，从曼彻斯特乘火车前往伦敦，透过车窗看到外面站着一个瘦弱的、戴着眼镜的黑发小巫师，一直微笑地看着她。她一下萌生了创作一个关于"哈利·波特"的故事的念头。当时手边没有纸和笔，于是她开始天马行空地想象，"哈利·波特"就在她心中逐渐成形了。

1990 年，罗琳与男友搬到曼彻斯特同居，她在当地商会做了一名秘书，并曾在曼彻斯特大学工作了一段时间。经过 5 年的酝酿、写作、修改，罗琳的第一本书《哈利·波特与魔法石》终于完成了，一出版便备受瞩目，好评如潮，获得英国国家图书奖儿童小说奖和斯马蒂图书金奖章奖。

此后，罗琳先后在葡萄牙一家学校和利斯学院任教英语。1997 年获苏格兰艺术协会资助的创作基金，先后创作出了"哈利·波特"系列的后面 6 部，并被美国华纳兄弟电影公司陆续搬上银幕。

风靡全球的魔法少年

　　"哈利·波特"的横空出世，使罗琳从一个生活窘迫的灰姑娘一跃而成为享誉世界的"哈利·波特之母"、身价达到 10 亿美元的作家首富。

　　"哈利·波特"系列小说共 7

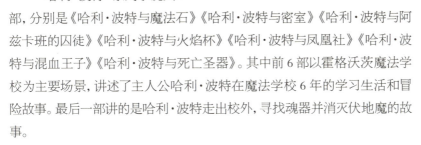

《哈里·波特》电影概念图

部，分别是《哈利·波特与魔法石》《哈利·波特与密室》《哈利·波特与阿兹卡班的囚徒》《哈利·波特与火焰杯》《哈利·波特与凤凰社》《哈利·波特与混血王子》《哈利·波特与死亡圣器》。其中前 6 部以霍格沃茨魔法学校为主要场景，讲述了主人公哈利·波特在魔法学校 6 年的学习生活和冒险故事。最后一部讲的是哈利·波特走出校外，寻找魂器并消灭伏地魔的故事。

　　在小说中，罗琳成功地塑造了哈利·波特这个风靡全球的童话人物：一个 11 岁小男孩，个子瘦小，黑发蓬乱，眼睛明亮，再加上圆形眼镜和额头的一道闪电状的细长伤疤。就是这个魔法少年，令文学江湖为之惊诧，使全球读者为之倾倒，堪称是文学史上的一个奇迹。

法国最畅销小说家马克·李维

马克·李维以他对营造美丽爱情故事的写作才华以及对书中角色精辟的心理分析，让全世界的读者在想象中充分领略到了什么是真正的法式浪漫。

拥有最多读者的法国作家

马克·李维是法国当代著名作家，1961 年出生在法国上塞纳省。18 岁时加入红十字会，在那做了 6 年服务工作，并在此期间入读法国第九大学学习计算机与管理。22 岁时，他创办了一家电脑影像合成公司；几年后，马克·李维却从自己创立的公司离职，进入到短暂的自由创作期，来到美国旧金山生活工作了 7 年。

从美国回来后，马克·李维又与朋友合伙创立了一家建筑师事务所，不过几年，就变成了法国的顶尖品牌，他还曾为可口可乐、Canal Plus 卫星电视台等著名单位提供过服务。

马克·李维在 26 岁的时候第一次结婚，长子出生后，初为人父的他欣喜万分，马上决定为儿子写一本小说。经过 10 年创作，终于在他 37 岁完成了处女作《假如这是真的》。马克·李维的姐姐当时正做编剧，她鼓励弟弟把小说寄给一家出版社，立刻获得编辑的赏识，随即决定出版。好莱坞知名大导演史蒂芬·斯皮尔伯格在出版前拿到了书稿，只翻看了两页书介，马上开出 200 万美金买下版权（后拍成电影《出窍情人》，由奥斯卡影后瑞丝·薇斯朋主演）。小说出版后更是一炮而红，不但成为法国当年年度销售冠军，更售出 30 国版权。

此后，马克·李维放弃了建筑事务所的事务，开始全心创作。此后写出了《你在哪里》《七日即永恒》等小说，每一部作品都在法国书市刮起销售旋风，皆荣获当年度销售排行榜冠军，曾连续十一年蝉联"法国年度最畅销小说家"。

2009 年，马克·李维完成了新书《第一日》和系列小说《第一夜》，次年又出版了知名作品《偷影子的人》，获得全球读者一致好评，成为全世界拥有最多读者的法国作家。

马克·李维不仅在文学领域取得了辉煌成就，还曾为国际特赦组织拍摄过纪录短片，更为多位音乐人写过歌曲；还曾将他的第二本小说《你在哪里》改编为电视剧；第六本小说《我的朋友我的爱人》亦拍成电影。2010 年，第三本小说《七日即永恒》在法国改编为漫画。

马克·李维像

唤醒隐藏在人们心底的情怀

马克·李维的文学创作，发乎于情，激情澎湃；而作为一名优秀的建筑师他在作品中既有严谨的一方面，更有其独特的审美艺术。至 2011 年止，他已出版 12 部小说，代表作有《假如这是真的》《你在哪里》《七日即永恒》《偷影子的人》等。著作被译为 42 国语言，全球总销量超过 2300 万册。由此可见他的作品在全世界受欢迎的程度。

马克·李维的处女作《假如这是真的》讲述了一个令人难以忘怀的感人爱情故事：旧金山一家医院的住院实习医生劳伦因为车祸而住进了自己就职的医院，后成了植物人。但是有一天，她的灵魂却不由自主地回到了自己曾居住的家中。而刚刚搬进来的年轻建筑师阿瑟成为唯一能见到她形象、听到她说话的人。两人互诉苦衷，共享秘密，不久产生了恋情。为了阻止院方对劳伦实施安乐死，阿瑟冒险从医院里盗走了劳伦的躯体。经过他不懈的努力，劳伦终于苏醒过来，但令人遗憾的是，她却又不认识阿瑟了……

《假如这是真的》是一部关于人与灵魂恋爱的小说，马克·李维通过自己的想象力，让读者通过一场离奇又热闹的冒险，与世间最浪漫、最纯粹的爱情相遇，从而唤醒了长期隐藏在人们心底的浪漫本质。在他笔下的世界里没有仇恨，只有各种形式的爱，和或许已经被我们忽略许久的浪漫，并违心地抛出对爱情、人生、死亡以及灵魂存在与否的质疑。而这恰恰是我们在这个忙碌喧嚣的世界里，能够寻到的唯一一个清净的角落。

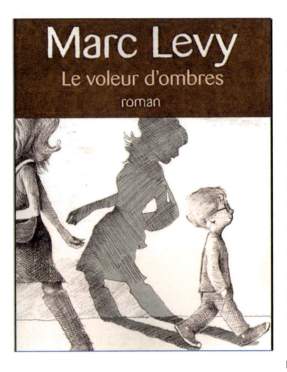

《偷影子的人》图
书封面

马克·李维有着超乎常人的感受力，因此他善于从亲身经历中深掘出滋养书中人物及故事的生命力，讲述出的故事让人感动而又充满好奇，在精密的架构下，描写了一场清醒的梦。其中对美国社会及医疗体系描述如同电影画面般的精确。同时，他充分运用了叙事、对话、和书信体等技法，讲述了一个美好又十分幽默的爱情故事，语言略带嘲讽，那些匪夷所思的故事却能让读者轻易接受，并且促使读者深入且真实思索"存在"的议题，甚至情不自禁地探寻"假如这是真的……"的追问，对爱情、失去的幸福，以及错过的机会有合理的反思。

纪实文学大家获得诺贝尔文学奖

阿列克谢耶维奇以她的纪实文学的创作，凝聚了最深厚的俄语文学精神，表达着不屈的信念，再现了真实战争和灾难，这必将对俄国文学以及世界文学的创作产生巨大的影响。

白俄罗斯的女纪实文学家

斯维特拉娜·阿列克谢耶维奇是白俄罗斯著名女作家、记者，1948 年生于乌克兰城市伊万诺 – 弗兰科夫斯克，父亲是白俄罗斯人，母亲是乌克兰人，他们都是教师。

1972 年，阿列克谢耶维奇毕业于白俄罗斯国立大学新闻专业，之后从事记者工作。1983 年，她根据采访过的数百名参加过"二战"的女性，写出处女作《战争的面庞并非女性》，这是她"乌托邦之声"的第一部，是她以个人视角描绘苏联生活实景的开端。1984 年，小说开始在《十月》杂志上登载，获得苏联国家荣誉勋章，并于 1985 年推出单行本，同年就译成中文，1988 年英文版问世。

之后，阿列克谢耶维奇的作品延续了这一创作方向。1989 年的《锌皮娃娃兵》将焦点聚集在苏联 1979—1989 年间对阿富汗发动的战争。因为独立报导和批判风格，该书曾一度被列为禁书；甚至将她指控为中央情报局工作而请入政治法庭接受审判，后因国际人权观察组织的抗议而中止。

1997 年，阿列克谢耶维奇以 1986 年的切尔诺贝利核爆炸余波为创作主题再次写出《我不知道该说什么，关于死亡还是爱情：来自切尔诺贝利的声音》，她的独立新闻活动却因此受到了政府限制，电话遭到窃听，不能公开露面。2000 年得到国际避难城市联盟的协助迁居巴黎；10 年后才返回明斯克居住。

2015 年 10 月 8 日，瑞典文学院将 2015 年度诺贝尔文学奖颁给了她，以表彰"她的复调书写，是对我们时代的苦难和勇气的纪念"，这也是对她的

阿列克谢耶维奇领取诺贝尔文学奖

创作最贴切的总结。

为时代的苦难和勇气树立的丰碑

阿列克谢耶维奇以自己的全部创作诠释着时代的苦难，表达着不屈的信念；其丰富多元的写作，为时代的苦难和勇气树立了丰碑。已出版的著作有：《战争的面庞并非女性》《锌皮娃娃兵》《最后一个证人》《我是女兵，也是女人》《切尔诺贝利的回忆：核灾难口述史》《我还是想你，妈妈》等。其著作相继获得1998年德国莱比锡图书奖、1999年法国国家电台"世界见证人"奖、2006年美国国家书评人协会奖等奖项。

在这些著作中，阿列克谢耶维奇自己没经历过战争，但她通过采访获得原始资料，并非按照正式的历史文献来描述历史，而是从个人经历、机密档案以及从被忘却、被否定的资料中挖掘，从而能真实还原战争中的小细节，并写出了最真实的战争。其实，这样的创作意义远远超出了技术性文献的意义；这使俄语文学显得沉重，也增加了它的厚度。

阿列克谢耶维奇作品因纪实性、政治性引发了不小的争议，但这也正是其价值所在。她关注的焦点永远是人，探索人的心灵是她与其他作家的区别之一。关心祖国的命运、时代的弊端、探讨社会的出路，成功地表现了一代人的茫然和恐慌。同时，她把每一行文字安排得如此透明，不知不觉就触动了人的内心深处最柔软的地方。

三流歌手，顶尖诗人

鲍勃迪伦获诺贝尔文学奖后，有人戏称他为"三流歌手，二流吉他手，一流作曲家，顶尖诗人"，尽管这种说法并不完全准确，但不可否认的是，他的诗一样的歌词有力量。

美国摇滚、民谣艺术家

鲍勃·迪伦原名罗伯特·艾伦·齐默曼，美国摇滚、民谣艺术家。1941年生于明尼苏达州德卢斯城，6岁时全家移居到希宾。从很小的时候，鲍勃迪伦便显示出了非凡的音乐天赋，10岁时自学吉他、钢琴、口琴等乐器。高中时，他就加入了一个小型摇滚乐队，并组织过一场小型的演出。

中学毕业后，鲍勃迪伦来到明尼苏达大学继续学业，开始对诗歌产生浓厚的兴趣，坚信自己将来会成为一名杰出的诗人。1961年，迪伦从明尼苏达大学辍学，开始专心致力于歌唱工作。1962年，发表第一张专辑《鲍勃迪伦》从此以它作为自己的艺名。次年，他创作出具有里程碑意义的反战歌曲《随风飘荡》，这首歌一问世就迅速走红。

此后，鲍勃迪伦创作的作品中不仅传达反战思想，还涉及热点话题。先后发行了多张专辑，并出版了一本超现实主义小说《塔兰图拉》。被冠以"民谣教父""摇滚巨人""诗人歌手""民权代言人""抗议领袖""游吟诗人""反战歌者""叛逆者"甚至"时代旗手""政治气象预报员""一代人的良心和代言人"等称号。

进入新世纪，鲍勃迪伦于2004年出版了名为《像一块滚石》的自传，2008年摘得普利策文学奖，评委会称他"对流行音乐和美国文化产生深刻影响，以及歌词创作中饱含非凡的诗性力量"。

2016年，鲍勃迪伦因"在伟大的美国歌曲传统中创造了新的诗歌形式"而荣获诺贝尔文学奖。

三流歌手，二流吉他手，一流作曲家，顶尖的诗人

鲍勃迪伦是一名音乐人，但同时他在文学上也取得了非凡的成就，早在20世纪70年代，鲍勃迪伦就开始涉足文学领域，他的超现实主义小说《塔兰图拉》被主流媒体评价为"现代美国继卡尔·桑德堡、罗伯特·弗罗斯特之后最伟大的诗人"；后来自传《像一块滚石》又摘得普利策文学奖即是证明；而2016年以音乐人的身份爆冷获得诺贝尔文学奖，也在情理之中。

早在5000年前，荷马和萨芙写出的那些美妙的诗歌文本，其实就为表演而作的，这和鲍勃迪伦写的歌词其实异曲同工。鲍勃迪伦所创作的很多音乐作品，都以隐晦且充满暗示性的歌词，关心着政治和社会问题，因此他的歌曲溢出了音乐本身的边界，成为某种精神气质的表达者和塑造者，所以常常被民众拿来推崇为民权和反战运动的"圣歌"，并被作为20世纪60年代美国文化的象征；他本人也被大众推举为符号化的时代伟人和文化英雄。

金斯伯格曾公开表示："作为美国20世纪最重要的诗人、歌手，迪伦用他的创作影响了几代人，这种强大的普世的文字力量足以让他跻身诺贝尔奖获得者的行列。"《时代杂志》曾在报道中评价鲍勃迪伦："他所创作的歌词是优雅的，他所关心的课题是永恒的，不管在哪一个时代，都只有少数诗人的影响力可以超越他。"

第九章
东方文学

　　东方其他国家，比如阿拉伯国家、日本、朝鲜（韩国）、波斯等国，都在互相学习，互相交流的基础上，发展了文艺理论。他们在不同程度上受到了中国和印度的影响；也在不同程度上影响了中国和印度。

　　总之，东方各国的共同努力，形成了东方文艺理论体系。内容有同有异，总起来看确是一个庞大而深邃的、独立的文艺理论体系。

　　——季羡林《东方文论选》

人类第一部史诗《吉尔伽美什》

提起古巴比伦文学，人们总是首先想到著名的《吉尔伽美什》，这部人类历史上第一部史诗，早在四千多年前就已在苏美尔人中流传，充分展示了东方文学的巨大魅力。

人类文学史上最早的经典

史诗《吉尔伽美什》是已知的人类历史上第一部英雄史诗。早在 4000 多年前就已在四大古文明之一的美索不达米亚的苏美尔人中流传。史诗所述的历史时期据传在公元前 2700 年至前 2500 年之间，最早来源于苏美尔时期的第三乌尔王朝（前 2150—前 2000），以楔形文字写成，比已知最早的写成文字的文学作品早 200 年到 400 年。

公元前 2000 年早期，《吉尔伽美什》出现了最早的阿卡德版本。此后经过千百年的加工提炼，终于在古巴比伦王国时期（公元前 19 世纪——前 16 世纪）用文字形式流传下来；到了 19 世纪中叶，由大英博物馆的乔治·史密斯从亚述古都尼尼微亚述巴尼拔墓里的泥板图书馆中发掘出这部史诗。20 世纪初楔形文字得到破译后，苏美尔学家把由小碎片拼成的苏美尔传说部分破译。到 20 世纪 20 年代，所有泥版已基本复原，译注也基本完成，成为一部文学巨著。

《吉尔伽美什》是两河流域文学最杰出的作品之一，是一部关于古代美索不达米亚地区苏美尔王朝的乌鲁克国的统治者、英雄吉尔伽美什的赞歌，虽然有三分之一已经残缺，但从余下的 2000 多行诗中，仍能感受到苏美尔人对自己心目中伟大英雄的崇拜赞美之情和东方文学的巨大魅力。

一个英雄的传奇

《吉尔伽美什》有着丰富的内容和复杂的情节，这显然不会是出于一人

之手，而是人民群众集体智慧的结晶，由口头文
学而逐渐发展定型为文字作品的。

　　史诗内容大体上是古代两河流域神话传说精
华的汇集，但又并非只是传说，而是有一定史实
基础的。吉尔伽美什非人非神，众神创造了他完美
的身躯，并赋予他美貌、智慧、勇敢，使他具有世
人无法具有的完美品质。史诗围绕乌鲁克国王吉
尔伽美什和他半人半兽的朋友恩奇都之间的友谊
故事展开，讲述了英雄一生的传奇故事：吉尔伽美
什做了乌鲁克国王后，作恶多端、暴虐无度。他凭
借权势，抢男霸女，强迫城中居民构筑城墙，修建
宙宇。吉尔伽美什杀死怪物，弄得民不聊生。苦难
中的人们祈求天上诸神拯救自己，创造女神阿鲁
鲁听到百姓的哭诉后，就制造了恩奇都作为吉尔
伽美什的对手，下凡去制服吉尔伽美什。恩奇都在
与吉尔伽美什的搏斗过程中，两人使出全部本领，
经过艰苦厮杀后，还是不分胜负，最后，都佩服对
方的勇敢，于是英雄相惜，结拜为友，一同去为人
民造福，成为人人爱戴的英雄。

吉尔伽美什与狮子
搏斗的雕像

　　他们生活在一起，同心协力做了许多有益于人类的事，其中主要有杀死
看守杉树林的魔怪洪巴巴，击毙女神伊丝塔求爱不成而生恨派来的旱灾天
牛等。但因杀死天牛，天神要惩罚他们之中一定要死去一个。结果恩奇都
死去，吉尔伽美什十分悲痛，他感到死亡的可怕，祈求神的帮助。

　　吉尔伽美什开始了艰难跋涉，他翻山过海，历尽艰辛，终于找到了他已
列入神籍的先祖居住的地方，向大洪水唯一生还者和永生者乌特纳比西丁
探索生死奥秘。当得知有一种仙草可以使人重获生命，就毫不犹豫地跳到
大海里去寻找。他翻过通向太阳的马什山，不顾半蝎人帕比尔萨格的阻拦，
终于渡过死亡之海来到目的地，在海底得到了永生之草，但不幸的是，仙草
却又被蛇叼走了。吉尔伽美什灰心丧气，无可奈何地回到乌鲁克城。

　　这时，吉尔伽美什更加思念亡友恩奇都，求得了神的帮助，通过沙马什

吉尔伽美什砍下洪
巴巴头颅的浮雕

创造的生死通道与恩奇都的幽灵见了面，恩奇都向他描述了死后世界的阴暗悲惨。吉尔伽美什请求恩奇都把"大地的法则"告诉他，他这才明白人不能永生。

史诗中比较著名的一段内容是水神伊亚要用洪水毁灭人类的故事，被后人称作诺亚方舟的美索不达米亚版本。

吉尔伽美什是一个真实存在的历史人物，这部史诗像所有其他的英雄史诗一样，运用神奇浪漫的手法，塑造出了一个为民除害、勇敢无畏、不怕牺牲的英雄形象。吉尔伽美什的英雄业绩千百年来被人们广为传颂，人们在他身上寄托了自己许多美好的情感和愿望，如英俊、强壮、正义、勇敢等。

印度史诗双璧

印度古代文学史上，一个高峰是史诗文学。《摩诃婆罗多》和《罗摩衍那》是印度的两大史诗，这两大史诗被看作印度教圣典，也是进行文学再创造的最重要的源泉。

印度古代两大文学杰作

印度的恒河流域，与埃及的尼罗河流域、美索不达米亚的两河流域、中国的黄河长江流域和地中海东海岸的迦南地区一样，是东方古代文学的发祥地。继吠陀文学之后，印度的古代文学史迎来又一个高峰，那就是史诗文学。

其中在印度家喻户晓的《摩诃婆罗多》和《罗摩衍那》被称为印度古代的两大史诗，被奉印度教圣典。它们既是文学的伟大杰作，更是印度古代社会的生活习俗、宗教信仰、政治设施、道德观念以及哲学思想的活的记录。

史诗《摩诃婆罗多》的成书年代跨越了公元前 4 世纪至公元 4 世纪之间漫长的 800 年时间，其成书过程大致经历了三个阶段：最初是 8800 颂（诗节）的《胜利之歌》，后来扩展成 2.4 万颂的《婆罗多》，最后定型为 10 万颂的《摩诃婆罗多》（又称《大婆罗多》），达 500 万字，成为古代文明世界中最长的一部史诗。

《罗摩衍那》的成书年代约在公元前 4 世纪至公元 2 世纪之间。由最初的口头传唱，再经过文人的增删修订，变为梵文诗体，在印度文学史上被称作最初的诗，占据着崇高的地位。

古代印度文明世界的真实图画

《摩诃婆罗多》和《罗摩衍那》两大史诗卓绝的诗篇，几乎包含古代印度的全部历史，两者的结合，完成了一幅古印度生活真实而生动的图画。

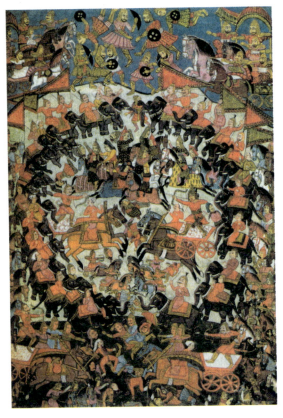

《摩诃婆罗多》插图

《摩诃婆罗多》全书共 18 篇,规模宏大、内容庞杂。以印度列国纷争时代为背景,主要描写婆罗多族的两支后裔俱卢族和般度族之间为争夺王位继承权而展开的种种斗争,最终导致大战。史诗所写的故事不是一般的王族内斗,而是显著对立的两类统治者的斗争,是正义善良的弱者对骄横邪恶强者的斗争,基调是颂扬以坚战为代表的正义力量,谴责以难敌为代表的残暴势力。

《摩诃婆罗多》这部史诗以一部完整的英雄史诗为主干,杂有大量的中、小神话传说、寓言故事以及宗教教义、哲学、政治、律法和伦理等论述;它的叙事采用开放式的框架结构,如一组巨大的建筑群般殿堂相接,院落相套,回廊互通,路径杂绕。

同时,史诗采用对话叙事方式,而且话中套话,故事中套故事,既各自独立,又彼此关联,起承转合之间使得故事线索盘根错节,情节发展引人入胜。于是,《摩诃婆罗多》最终成了一部以英雄传说为核心的"百科全书式"的史诗。

印度的另一部伟大的史诗《罗摩衍那》全文共分为 7 章,24000 对对句。主要情节取自《摩诃婆罗多》的《罗摩传》:

阿逾陀城国王十车王有 3 个王后,生有 4 个儿子。罗摩是长子,成年后娶了弥提罗国公主悉多。十车王年迈,罗摩被立为太子,国王准备为他灌顶。但第二个王妃吉迦伊却在女奴的挑唆下,要求国王实现当年对她的许诺,流放罗摩 14 年,立她的儿子婆罗多为太子。罗摩甘愿流放,使父王不致失去信义,同妻子悉多和三弟离开京城,到森林中隐居。国王忧愤而死,婆罗多被迎回国内,但他忠于兄长,亲自找到罗摩,恳请他回国为王。罗摩不应,婆罗多只好带着罗摩的鞋返回,把鞋供奉起来代表罗摩摄政。

在森林中,楞伽城的罗刹王十首恶魔劫走了悉多。罗摩在猴国神猴哈奴曼相助下消灭了魔王，救回了悉多。罗摩怀疑悉多的贞操，她投火自明，火神从熊熊烈焰中托出悉多，证明了她的贞洁。

罗摩流放期满，回国登基为王。但他又听到民间谣传悉多不算贞女，忍痛遗弃了怀孕的悉多。悉多被蚁垤仙人收留，生下一对孪生子。后蚁垤领着两个孩子去罗摩宫中，再次向罗摩证明悉多的贞节，但罗摩仍认为无法取信于民。悉多求救于地母，大地顿时裂开，悉多投入大地母亲的怀抱；罗摩升入天国复化为毗湿奴神，并与妻儿团圆。

在艺术技巧上，《罗摩衍那》虽整体上朴素无华，但已经呈现出精雕细镂的倾向，一直被奉为印度叙事诗的典范，而且描绘手法都达到了相当高的艺术水平。语言简明流畅，有的诗篇甚至达到"五色相宣，八音协畅"的地步，成为后来文字技巧的先声。

《摩诃婆罗多》和《罗摩衍那》两大史诗，是印度人精神生活中不可少的太阳和月亮，也是进行文学再创造的最重要的源泉，其影响早已远超出印度，特别是在亚洲广泛流传，而列入人类最宝贵的文化遗产。

《罗摩衍那》插图

希伯来民族文学遗产的总集《旧约》

古代希伯来文学主要保存在《圣经·旧约》中，普遍认为是古巴比伦时期到公元前 1 世纪这 240 年写成。古代希伯来文学在世界文学史上占有十分显著的地位。

古代希伯来文学之根

亚非大陆是人类文明最古老的发祥地，悠久的历史与灿烂的文学交相辉映。古代希伯来文学，在世界文学史上占有十分显著的地位，它与古代中国文学、印度文学和希腊文学比肩而立，共同构成世界古文学大厦的四根台柱，在中东和欧洲文学的发展进程中扮演了重要角色。

古代希伯来文学主要保存在《圣经·旧约》中，它的产生与犹太人的历史和宗教思想密切相关，公认的成书时间，是由巴比伦之囚时期开始直到公元前 1 世纪约 240 年的时间。全书的时间跨越近 2000 年历史，亚伯拉罕、以撒和雅各处于公元前 2000 年至 1500 年之间的青铜时代；摩西与约书亚处于青铜时代晚期约公元前 1550 年至 1200 年之间。士师到联合王国时代属于铁器时代，约在公元前 1200 年至 332 年之间。

犹太希伯来人在《圣经·旧约》成书前的数百年间，一直沦于外族的统治之下，他们多次起义反抗都被镇压，并于公元前 64 年成为罗马的属国。在"巴比伦之囚"事件后，人们越来越崇拜战神耶和华，并最终把他奉为犹太人的救世主和唯一的神。随着希伯来人思想和文化的成熟，逐渐把历代的文学精粹整理出来，编纂形成了《圣经·旧约》，不但使民族文学的珍品以犹太教经典的形式得以保存，而且以后又为基督教徒接受，并与《新约全书》一起成为基督教的经典。

犹太人早期生活的百科全书

《旧约全书》是希伯来民族发展和以色列犹太王国兴衰盛亡的艺术记

《旧约》中描述的诺亚方舟

录，是一部有关犹太人早期生活的百科全书，它完整地展示了犹太民族的发展史，生动、形象地再现了犹太人民广阔的生活画面，详尽地记载了他们在各个领域的杰出成就，深刻地反映了他们的道德观、价值观。

《旧约全书》39 卷，可分为律书、历史书、诗歌和先知书四个部分。律书又称"法典"，这是《圣经》中最古老的作品，也是宗教界最重视的作品。包括《创世记》《出埃及记》《利未记》《民数记》《申命记》5 卷，即所谓的"摩西五经"。以神话为引子，表现了摩西带领犹太人出埃及入迦南的艰苦历程。其中《创世记》是希伯来民族神话故事的汇集，也是《圣经》中想象最为丰富的作品之一。包括从耶和华开天辟地、大洪水诺亚方舟救世、亚伯拉罕西迁迦南定居，到雅各逃荒、约瑟在埃及为相的故事。《出埃及记》则有着英雄史诗般的气概，描述了从摩西的出生成长，到在耶和华指引下组织犹太人逃离埃及的故事。

"史书"部分共 10 卷，《约书亚记》《士师记》《撒母耳记》《列王记》4 部记录了约书亚带领犹太人进入迦南的战斗，以及扫罗、大卫、所罗门时代的由弱而强到最后分裂，表现了从以色列人进入迦南，到巴比伦之囚后重返家园的犹太人的发展历史。作品善于通过白描手法刻画人物的性格，表述了士师底波拉、士师基甸、士师参孙等与非利士人抗争中可歌可泣的事迹，文风简洁生动。《历代志》则是希伯来民族的通史，宣传了以耶路撒冷为中心的爱国主义。

先知书共 15 卷，包括《以赛亚书》《耶利米书》等作品，表现的是公元前 8 世纪到公元前 3 世纪的多事之秋，揭示了外敌入侵之下的悲惨景象和尖锐的社会矛盾，流露了强烈的爱国热情和无畏的殉道精神。"先知"即是

《旧约》中描述的"摩西十诫"

改革家和思想家，他们在民族危亡之际发表演说或写诗作文，以大声疾呼来唤醒民众。

诗文集有诗歌和小说共 10 部。作品的题材、体裁、情调、风格等方面很有特色。

《圣经·旧约》既是了解和研究古代犹太人社会丰富而珍贵的历史资料，也是一部文学巨著，它几乎运用了如神话、传说、小说、寓言、戏剧、散文、诗歌、谚语、格言等所有的文学创作形式，并独创了先知文学和启示文学，为世界文学做出了独特的贡献。

日本的红楼梦《源氏物语》

《源氏物语》是日本的古典名著代表作，被誉为日本文学的高峰，是日本的《红楼梦》，不仅对于日本文学的发展产生了巨大的影响，在世界文学史上也占有相当重要的地位。

开启日本"物哀"时代的女作家

东方世界中，日本是个充满矛盾的国家，在歧视女性的传统大行其道的同时，世界上最早的长篇写实小说偏又出自一位女性之手，她就是《源氏物语》的作者紫式部。

紫式部本姓藤原，生于973年，充满书香气的中等贵族家庭，1015年去世，生活于日本的平安时代(794—1192)。按照日本惯例，古代妇女都是没有名字的，由于她的长兄曾任式部丞，而当时宫中女官为显其身份，往往以其父兄的官衔为名，所以称为藤式部。后来因她所写《源氏物语》中女主人公紫姬为世人传诵，因此后人就以她作品加题上的名字而改称为"紫式部"。

从紫式部的祖父辈直到她的哥哥，都是当时有名的歌者，父亲尤其对汉诗和中国古典文学颇有研习，所以紫式部自幼得以随父学习汉诗，并熟读中国古代典籍，长大后也成为一个极富才情的女子，不仅对白居易的诗有很深的造诣，而且还十分了解佛经和音乐。

紫式部家道中落后，曾给一个官吏做过继室；丈夫去世后寡居10年，靠父亲和兄长的资助生活。后来被选进宫中，成为彰子皇后的侍读女官，讲解白居易的诗。而《源氏物语》这篇小说，就是她对父亲的作品进行整理、加工和完善，写给皇后供天皇消遣的读物。"源氏"是小说前半部男主人公的姓，"物语"意为"讲述"，是日本古典文学中的一种体裁，类似于我国唐代的"传奇"。

《源氏物语》的成书年份一直存在争议，但紫式部在她1008年11月1日的日记中，清楚地记载当时这部作品已在当时的贵族之间争相传阅。到了

《源氏物语》插图，
描述宫廷生活

2008年11月1日，日本确定那一天为《源氏物语》的千岁生日。

日本的《红楼梦》

《源氏物语》是世界上最早的长篇写实小说之一。全书有近百万字，涉及3代历时70余年，分前后两个部分：前半部以主人公源氏的生活经历为中心，讲述着他在情场和官场上的升沉以及和众多女性角色之间的暧昧关系，真实地反映了平安时代日本皇族、贵族阶层的生活状况，揭示了上层贵族腐朽的精神面貌。后半部写源氏之子薰君的放荡生活及他所造成的种种悲剧。这和中国的《红楼梦》很相似。虽然《源氏物语》比《红楼梦》早了700多年，但是却仍被称为"日本的《红楼梦》"。

由于紫式部对宫廷生活有着亲身的体验，对当时日本贵族阶层的糜烂生活、皇家贵族的权势纷争以及宫中的男女紊乱关系有全面的了解；同时作者内心细腻、敏感，善于描述男女间情爱纠缠时的言行心理，书中采用了大量写实的白描手法，刻画出贵族们骄奢淫逸而又优雅美丽的生活，令读者身临其境，仿佛一部古典静雅而又美丽哀婉的"言情小说"，时过千年却始终魅力不减。

在《源氏物语》中，人物刻画极有特色，无须过多描写，三言两语即形态毕肖。作者共塑造了400多位不同阶层、性格迥异、关系错综复杂的人物形象。源氏是日本贵族，出身高贵的源氏正室葵姬气质冷淡却遭他冷落；而他心爱的是藤壶、紫姬、明石姬等多位女子；此外还与月夜、夕颜、六条御息所等十数位贵族女性或因偶遇生情，或有宿世之缘，关系暧昧。这些女性每个人身上都有非常明显的独特之处，或温柔或冷清或完美或高贵，或是如平民般的安详等心性。但她们的结局大多都走向了悲剧，让人不忍，直至落泪。

不仅书中的情节令人扼腕回味，而且体现出紫式部文字细腻、优美的艺术特点，书中写了大量充满清丽气息的和歌，也描写了大量平安时期女子十二单衣与桧扇等美丽的穿戴，让人有异常清秀之感。

《源氏物语》是日本的古典名著代表作，被誉为日本文学的高峰，不仅对日本文学的发展产生了巨大的影响，在世界文学史上也占有相当重要的地位。

《源氏物语》郊游图

世界民间文学壮丽的纪念碑《一千零一夜》

《一千零一夜》很早就在阿拉伯地区的民间流传，到了12世纪，首先使用了《一千零一夜》的书名，《一千零一夜》的故事一经产生，便广为流传。在十字军东征时传到了欧洲。

阿拉伯民间文学的精华

中古时期，当西方文学正在神学的桎梏下裹足不前时，东方却呈现了民族文学的繁荣，除中国文学、日本文学和朝鲜等东亚文化成就卓著外，中亚西亚文化领域也是争奇斗艳，伟大的诗人、小说家和剧作家如群星灿烂。其中最著名的就是阿拉伯的优秀民间故事集《一千零一夜》。

《一千零一夜》是劳动人民的集体创作，从口头创作到编订成书经历了一个漫长的历史过程。早在公元6世纪，印度、波斯等地的民间故事就流传到中东、近东阿拉伯地区，在各民族、各地区的民间市井艺人口头流传，此后长达800年的时间内，再经文人学士收集、加工、整理，不断丰富，约定型于公元八九世纪之交，因其故事源于印度，最初以梵文手抄本形式出现。

到了12世纪，埃及人首先使用了《一千零一夜》的书名，但直到15世纪末16世纪初译成波斯文，然后再译成阿拉伯文，同时加进一些阿拉伯故事和伊拉克的阿巴斯王朝，特别是哈伦·拉希德统治时期的故事；并有埃及马姆鲁克王朝的故事和中国故事，才基本定型。据阿拉伯原文版统计，全书共有大故事134个，每个大故事又包括若干小故事，组成一个庞大的故事群，总计264个故事。

《一千零一夜》的故事一经产生，便广为流传，在十字军东征时期就传到了欧洲，18世纪初，法国人加朗第一次把它译成法文出版，以后在欧洲出现了各种文字的转译本和新译本，一时掀起了"东方热"，对后世文学产生了深远的影响。

中古阿拉伯社会"一尘不染的明镜"

《一千零一夜》是著名的古代阿拉伯民间故事集,也是世界上最具生命力、最负盛名,拥有最多读者和影响最大的作品之一。全书包括 264 个故事,可分为三部分:第一部分是印度故事,第二部分是以巴格达为中心的阿巴斯王朝 (750—1258) 时期流行的故事;第三部分是有关埃及马姆鲁克王朝 (1250—1517) 的故事。

LO, THE WATER VANISHED AND THEY SAW A GOLDEN DOOR

《一千零一夜》插图

其核心是第一部分。《一千零一夜》的书名即出自这部故事集的第一个故事:相传古时候有个暴君,他每天娶一个少女,晚间行乐,第二天天一亮便将她杀掉。国中女子死了许多,有女儿的百姓吓得四处逃命。这时,宰相的女儿山鲁佐德立志拯救无辜的姐妹们脱离苦海,便自愿嫁给国王。她从第一夜起,就向国王讲述有趣的故事,当讲到最动人的地方,天刚好发亮。国王想得知后情,只好把她留到明天再杀。但第二天她又故意讲到半截停下,吸引国王继续再听。国王欲罢不能,欲杀不忍,就这样一直讲了一千零一夜,她的故事永无止境,一个比一个精彩……国王终于被山鲁佐德感化,从此再不杀旧娶新了。

《一千零一夜》里面的故事都是山鲁佐德讲的,它们丰富多彩,包括神话传说、寓言故事、童话、爱情故事、航海冒险故事以及宫廷趣闻等,如脍炙人口的《渔夫和魔鬼》《阿拉丁和神灯》《阿里巴巴和四十大盗》《辛巴达航海旅行记》等。这些故事多是赞美和歌颂人民的善良和智慧,抨击和揭露坏人的邪恶和罪行。

故事中塑造了天上地下所能想象到的一切人物,有天仙精怪、国王大臣、富商巨贾、庶民百姓、三教九流,涵盖了中世纪阿拉伯社会历史、文化、宗教、语言、艺术和民俗等个方面,多侧面、广泛而真实生动地反映了古代阿拉伯及其周围地区国家的社会现实,被称为中古阿拉伯社会的一面"一尘不染的明镜"。

在文学风格上,《一千零一夜》以浪漫主义为主,把美好愿望的幻想性

《一千零一夜》插图

与现实的真实性奇妙地融合起来，使浪漫主义和现实主义表现手法相映生辉，情节曲折离奇，结构灵活简便，长而不冗，杂而不乱，层次分明，丝丝入扣。同时，《一千零一夜》语言丰富优美、流畅自然、生动活泼，诗文并茂，广泛地运用了象征、比喻、幽默、讽刺等修辞手段，并包含着大量诗歌、格言、谚语，从而构成了语言丰富多彩的特色，大大地加强了艺术感染力，很好地体现了民间文学的艺术特征。

阿拉伯文学的主要奠基人纪伯伦

纪伯伦诗的语言极有个性，他将阿拉伯文和英文都运用得清丽流畅，其作品的语言风格征服了一代又一代的东西方读者，美国人曾称誉纪伯伦"像从东方吹来横扫西方的风暴"。

黎巴嫩文坛骄子

哈里利·纪伯伦是黎巴嫩诗人、散文作家、画家，1883年生于黎巴嫩北部山乡、著名的"圣谷"附近的卜舍里。由于父亲被嫉妒者告密入狱，家被查抄，母亲带着他和哥哥、妹妹过着凄惨的生活。12岁时，终因不堪忍受奥斯曼帝国的残暴统治，跟随母亲前往美国的波士顿，在唐人街过着清贫的生活，并在公立侨民学校开始读书。

1898年，15岁的纪伯伦只身返回祖国，进入贝鲁特一所学校学习阿拉伯语、法文和绘画，对阿拉伯社会有了进一步了解。其间曾创办《真理》杂志，发表态度激进的文章，引起黎巴嫩统治者不满；1902年后仅一年多的时间，病魔先后夺去了他母亲等三位亲人，他以写文卖画为生，挣扎在社会的底层。1908年，他的小说《叛逆的灵魂》出版后，随即遭到当局查禁焚毁，并将他驱逐出境。

纪伯伦离开祖国，先在美国作了短暂停留，不久有幸得到友人的资助到了法国巴黎，进入艺术学院学习绘画和雕塑，并得到罗丹等艺术大师的亲授指点。

纪伯伦画像

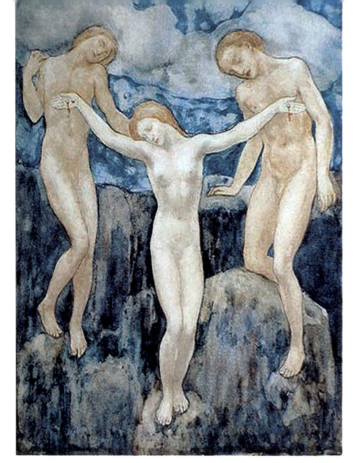

《先知》插图

1911 年重返美国波士顿，次年迁往纽约，从此长期在此客居，从事文学艺术创作活动，并领导阿拉伯侨民文化潮流。

1904 年 5 月，纪伯伦在许多朋友的帮助下，举办了他的首次个人画展；在画展中结识了阿拉伯《侨民报》的创办人，从此《侨民报》每周发表《泪与笑》中的 2 篇文章，为他的文学创作打开了大门。6 年中，纪伯伦在《侨民报》发表了 50 多篇散文，总标题为《泪与笑》。

在青年时代，纪伯伦的文学创作以小说为主，从 20 世纪 20 年代起，又转向散文和散文诗。他的小说几乎都用阿拉伯文写成，主要有短篇小说集《草原新娘》《叛逆的灵魂》和长篇小说《折断的翅膀》等。散文用阿拉伯文发表的作品有《音乐短章》、散文诗集《先驱者》《先知》《沙与沫》《人之子耶稣》《流浪者》等，以及诗剧《大地诸神》《拉撒路和他的情人》等。

长年的劳累，使纪伯伦患上了心脏病、肝硬化和肺痨，此后几年健康状况不断恶化，纪伯伦感到"生命不多，大限将至"，决心让自己的生命之火燃烧得更加光耀，遂不顾病痛，终日伏案，全部时间花在绘画、著述、校订等方面。在生命的最后岁月，纪伯伦写下了传遍阿拉伯世界的诗篇《朦胧中的祖国》。

1931 年，纪伯伦于 48 岁英年早逝。

开拓了阿拉伯新文学的道路

纪伯伦是 20 世纪黎巴嫩的哲理诗人和杰出的画家,在短暂而辉煌的生命之旅中,饱经颠沛流离、痛失亲人、爱情波折、债务缠身与疾病的困扰,仍以饱满的热情和坚韧的毅力,创作出了大量优秀的文学艺术作品,代表作有《叛逆的灵魂》《我的心灵告诫我》《先知》《论友谊》等。

纪伯伦热爱祖国、热爱全人类,他认为诗人的职责是唱出"母亲心里的歌",讴歌:"您在我们的灵魂中——是火,是光;您在我的胸膛里——是我悸动的心脏。"他的作品多以"爱"和"美"为主题,他曾说:"整个地球都是我的祖国,全部人类都是我的乡亲。"表达出深沉的感情和高远的理想。他反对愚昧和陈腐,他热爱自由,崇尚正义,并常常流露出愤世嫉俗的态度,向暴虐的权力、虚伪的圣徒宣战。有的作品中也表现某种神秘的力量,呼吁埋葬一切不随时代前进的"活尸",主张以"血"写出人民的心声。

纪伯伦的艺术风格在东方文学史上独树一帜,他是阿拉伯近代第一个采用散文体写诗的作家,他的诗不以情节为重,旨在通过大胆的想象和象征的手法,在平易中蕴含隽永,在美妙的比喻中启示深刻的哲理和严肃冷峻的批判,抒发丰富的社会性和咏叹调式的浪漫与抒情,带有强烈东方意味,因此他的作品被誉为"东方赠给西方的最好礼物"。

东方诺贝尔文学奖第一人泰戈尔

泰戈尔多才多艺，才华超人，既是作品浩繁的文学艺术大师，也是学识渊博的哲人。他一生所有的贡献，不但在印度历史上具有划时代的意义，而且在国际上也产生了巨大影响。

印度"诗圣"

拉宾德拉纳特·泰戈尔是印度著名诗人、文学家、社会活动家、哲学家和印度民族主义者，1861年生于印度西孟加拉邦加尔各答的一个商人地主家庭。他的祖父和父亲都是积极赞成孟加拉启蒙运动的社会活动家，对哲学和宗教颇有研究，在泰戈尔幼年时代，父亲就为他请来了家庭教师，专门给他讲授文学，还让他到农村去听取各种有趣的故事。因此，泰戈尔从小就对文学产生了浓厚的兴趣。

泰戈尔先后在加尔各答的4所学校学习，此后又进入东方学院、师范学院和孟加拉学院，受到了良好的教育。他广泛阅读，醉心于诗歌创作，从13岁起就开始写诗，14岁就发表了爱国诗篇《献给印度教徒庙会》。

1878年，泰戈尔赴英国学习法律，后转入伦敦大学学习英国文学和西方音乐。1880年回国，专门从事文学创作。他曾离开城市到乡村去管理祖传的佃户，深入下层人民的生活，感受到祖国的壮丽山河；还在圣地尼克坦创办了一所学校，该校后来发展成为有名的国际大学。

1905年以后，孟加拉人民和全印度的人民反对孟加拉分裂的民族运动进入高潮，泰戈尔毅然投身于这场轰轰烈烈的反帝爱国运动之中，写出了大量的爱国主义诗篇。1913年，他以代表作《吉檀迦利》成为第一位获得诺贝尔文学奖的亚洲人，被誉为印度"诗圣"。

1915年，泰戈尔与甘地结识，两人建立了很真挚的私人友谊。但他并不完全赞同甘地的一些做法，因此两人只是互相尊重，互相支持。次年泰戈尔来到新兴的日本，颇多感慨。后来他又访问过美国、英国和加拿大，作了许

泰戈尔画像

多报告，谴责东方和西方的"国家主义"。

1919 年，英国军队开枪打死了1000 多名印度平民，制造了"阿姆利则惨案"。泰戈尔写了一封义正辞严的信给印度总督，提出抗议，并声明放弃英国国王给他的"爵士"称号。1924 年，他访问了中国，对这个向往已久的古老东方大国的人民当时的处境十分同情，写文怒斥英国殖民主义者的鸦片贸易。1930 年，访问了苏联，在这里看到的一切使他极为振奋，即兴创作了《俄罗斯书简》一书歌颂苏联。

1934 年，意大利侵略埃塞俄比亚，泰戈尔立即严厉谴责。1936 年，西班牙爆发了反对共和国政府的叛乱，他明确反对法西斯的倒行逆施。1938 年，德国侵略捷克斯洛伐克，他发文表示对捷克斯洛伐克人民的关怀和声援。1939 年，德国悍然发动世界大战，泰戈尔撰文怒斥希特勒的卑劣行径。

1941 年 8 月 6 日，泰戈尔在加尔各答逝世，成千上万的市民为他送葬。

爱国主义、民主主义的不朽诗篇

泰戈尔一生的创作活动长达 60 余年，一共写了50 多部诗集，12 部中长篇小说，100 多篇短篇小说，20 多部剧本及大量文学、哲学、政治论著，并创作了1500 多幅画，谱写了难以统计的众多歌曲。诗集代表作有《吉檀迦利》《新月集》《园丁集》《飞鸟集》等。

泰戈尔的诗，体裁上内容将宗教思想、人生理想同现实生活和社会问题密切相连，表达了作者对贫苦农民的深切同情，反映出印度人民的民族

泰戈尔来中国时的
留影

自豪感和与殖民主义、封建制度、愚昧落后思想斗争到底的决心，充满了鲜明的爱国主义和民主主义精神，同时又富有民族风格和民族特色。

在艺术上，泰戈尔的诗具有浓郁的民间文学色彩和自己的独特风格。他通过对民间故事和宗教、历史传说的艺术加工，把现实题材处理成具有冥想因素，把冥想体裁处理为具有现实成分，浪漫与现实相结合；在表现方法及语言上，既吸收民族文学的营养，又借鉴西方文化的优点，大胆创新，创造出自由体诗，风格清新自然、想象奇特。运用人民生活中的口头语言，语言清新活泼、韵律幽雅，既充满深邃的哲理，又有很浓的抒情意味，神秘而不枯燥，具有独特的艺术神韵。

川端康成获得诺贝尔文学奖

20世纪20年代，欧洲的现代文艺思潮，相继介绍进日本，在日本文学界，新一代作家借鉴西方现代派手法，出现了"新感觉派"，川端康成可以说是日本现代派的开山祖师之一。

忧郁孤独的日本新感觉派作家

川端康成是世界知名的日本新感觉派作家。1899年生于大阪市北区此花町（今神桥附近）一个家道中落的贵族家庭，曾随当医生的父亲在东京生活过两年，3岁时父母病逝，祖父将他带回大阪府扶养。由于身体孱弱，川端康成幼年一直过着封闭式的生活，这造就了他任性孤独、忧郁敏感的性格。他只有在文字的世界寻找安慰，开始阅读《源氏物语》等名著。

川端康成虽然不喜欢上学，但成绩很好，以第一名的成绩考入府立中学。从中学时，他开始尝试自己写作，并曾在一本杂志发表了几首俳句、歌曲和杂文。中学毕业后，川端康成前往东京府旧制第一高等学校学习，在那里他接触到世界文学及日本现代文学。

1920年后，川端康成不断尝试各种写作风格，后来发表短篇《招魂节一景》，在日本文坛崭露头角。1926年，他一生中唯一一部剧本《疯狂的一页》被拍成电影，并发表了《伊豆舞女》，获得了很高的赞誉。

此后，川端康成的写作风格从新感觉到新心理主义，又到意识流，1931年代表作之一《针、玻璃和雾》，开始出现佛教"空""无"的思想。1934年，川端康成开始写《雪国》连载，3年后出了单行本，并获得第三届文艺恳话会奖。

1936年，川端康成因为反对日本发动帝国主义侵略战争而宣布停笔，并在接下来的几年中广泛参加反战活动。后来还参与成立了日本文学会，并受关东军邀请访问中国东北的满洲等地，访问结束后，他将妻子也接到了中国，在北京居住了一年多，在太平洋战争爆发前回到日本。第二年，川端

川端康成画像

康成编辑了《满洲各民族创作选集》。

1947 年, 川端康成历经 13 年的酝酿、创作和修改,《雪国》终于完成定稿, 此后于 1949 年和 1961 年写出《千只鹤》《古都》, 这三部作品使他于 1968 年获得诺贝尔文学奖, 成为第一个获得此奖项的日本人。

1970 年, 川端康成交往 25 年之久的密友三岛由纪夫切腹自杀, 不少作家赶到现场, 只有川端康成获准进入。川端很受刺激, 对学生表示:"被砍下脑袋的应该是我。"1972 年 4 月 16 日, 就在三岛自杀之后 17 个月, 川端康成选择含煤气管自杀。

日本现代派的文学的开山之作

川端康成可以说是日本现代派的开山祖师之一, 他一生写了 100 余部长篇、中篇和短篇小说, 此外还有许多散文、随笔、讲演、评论、诗歌、书信和日记等。他的创作, 思想内容和创作风格的转变过程颇为曲折, 以时间先后, 大致可归为两类:

一类是描写他的孤儿生活和情感挫折过程, 抒发他痛苦感受的作品, 如《精通葬礼的人》《十六岁的日记》和《致父母的信》等。这类作品多取材于他本人的经历和体验, 所以充满低沉、哀伤的气息, 但描写细腻、感情真挚, 有着激动人心的艺术效果。

另一类是讲述社会下层人物的生活的。这类作品以描述舞女、艺妓、女艺人、女侍者等下层妇女的悲惨遭遇为主, 比较真实地反映出社会存在的某些问题, 表现了底层人群生活与情感上的矛盾纠结, 旨在表现她们对生活、爱情和艺术的追求。如《招魂节一景》《伊豆舞女》《温泉旅馆》《花的圆舞曲》和《雪国》等。

在艺术手法上，川端康成的前期创作深受当时新心理主义和意识流小说的吸引，加以模仿，有的作品采用纯新感觉派的写法，极力强调主观感觉，热心追求新颖形式；另有一些作品却主要使用朴素、简洁的白描手法。

但后来川端康成决心另辟新径，将日本古典文学传统和西方现代派方法有机地结合起来，获得了巨大的成功。如代表作《雪国》中取得了很高的成就，他以富于抒情色彩的优美笔致，描绘年轻艺妓的身姿体态和音容笑貌，继承了日本传统的风雅精神，

《伊豆舞女》电影剧照

超越了世俗的道德而单纯表现出人体之美；并巧妙地用雪国独特的景致加以烘托，以及空虚的幻影的描写，创造出美不胜收的情趣和境界，具有强烈的感染力。《雪国》在语言上，用语简明，描写准确，虽然颇为接近口头语言，但却丝毫不显得啰唆。

川端康成作为新感觉派的一员骁将，他与同时代的横光利一和中河与一、稍后的崛辰雄等，成为日后各种现代派文学的先导。

屡次陪跑诺贝尔文学奖的村上春树

21世纪以来，村上春树佳作不断发表，先后获得有"诺贝尔文学奖前奏"之称的"弗朗茨·卡夫卡"奖、耶路撒冷文学奖、安徒生文学奖等，但对于诺贝尔文学奖他一直是在"陪跑"。

日本新时代的文学旗手

村上春树是日本现代著名小说家，1949年生于日本京都市伏见区一个教师家庭。出生不久，随父母迁至兵库县西宫市夙川。1955年入西宫市立香栌园小学就读，受到书香家庭的熏陶，村上春树从识字起就非常喜欢读书，父亲有意识培养他对日本古典文学的兴趣，但他却对西方文学更情有独钟。

1961年，村上春树考入芦屋市立精道初级中学校，虽然仍爱好读书，却不用功学习功课，又相当叛逆，所以他常挨老师的责打。1964年入兵库县神户高级中学读高中以后，这种逆反心理更加严重了，不过他这时开始了文学创作，经常在校刊上发表文章，还翻译自己喜欢的美国惊悚小说。

1968年，村上春树考入东京早稻田大学戏剧专业就读。他一边打零工，一边读书写作，早年出于对爵士乐的热爱，他还在大学后期开了一间爵士乐酒吧，白天卖咖啡，晚上当酒吧，度过了他一生中最静谧、幸福的时光。

大学毕业后，村上春树一边经营酒吧，一边从事创作。1979年的一天，他在涩谷区千驮附近的神宫球场上，突然涌起了写小说念头，随后每晚在餐桌上挥笔不止，写罢投给"群像新人奖"评审委员会。当年6月，《且听风吟》获第23届"群像新人奖"。7月，《且听风吟》由讲谈社印行。到了1981年，他决心将酒吧转让他人，移居千叶县船桥市，从此从事专业创作。发表了《纽约煤矿的悲剧》《袋鼠佳日》和系列短篇。其中长篇小说《挪威的森林》反响最为强烈，上市后在世界各地畅销多年，并引发了"村上现象"，被誉为日本80年代的文学旗手。

此后，村上春树先后到意大利罗马、希腊、法国、德国、美国等世界各地游历，发表了《罗马哟罗马，我们必须准备越冬》《雷蒙德的早逝》《飞机》等作品，以及八卷本《村上春树作品集 1979—1989》，并任美国新泽西州普林斯顿大学客座研究员。

诺贝尔文学奖的"陪跑王"

村上春树是一位勤奋的作家，他 29 岁开始写作，到 2017 年 2 月 24 日发表长篇小说《骑士团长杀人事件》，写出了大量的长篇小说和中短篇小说，以及散文、随笔、翻译和报告文学等作品。代表作有《挪威的森林》《海边的卡夫卡》《舞！舞！舞！》《且听风吟》等。

村上春树的作品，风格深受欧美作家影响，基调轻盈，少有日本战后阴郁沉重的文字气息，被称作第一个纯正的"二战后时期作家"。其作品多年来畅销世界多地，具有广泛知名度；但是，文学界许多人士认为，他的作品过于通俗、流行、小资化，不符合诺贝尔文学奖严肃、纯文学的品位。所以自 2009 年以来，虽然已连续 7 年被视为诺贝尔文学奖热门人选，但均没能获奖。

村上春树的作品风格精练自然，语言看似轻松，但却并非如此。比如著名的《挪威的森林》，其实是一部感情充沛、优雅哀伤的纯爱情小说，以第

《挪威的森林》电影剧照

一人称及对话的方式，讲述了1987年，叙述者兼主人公37岁的"渡边彻"，有一次乘飞机去往德国，在汉堡机场降落时，机上正播放着由管弦乐器演奏披头士的"挪威的森林"，因此回忆起18年前已经去世的某直子，由此引出自己与患有精神疾病的直子和开朗活泼的小林绿子之间纠缠不清的爱情故事，揭示出年轻时的迷茫与无奈、大胆和叛逆，以及对青春岁月的反思和成长的哲理省悟。

这部小说，以平缓舒雅语言，展示青春岁月里的惊涛骇浪，也带着一丝甜蜜的忧伤。捧读之下，许许多多似曾相识的片断从眼前缓缓掠过，带着温暖、亲切的气息，唤起心底里深深的共鸣。

客观上说，村上春树的创作优势不是以情节取胜，而在于他在文体表达上传了别具一格的风格，提出了文学上的另外一种可能性。但或许恰恰由于他过于强调张扬个性，因此在叙事上显得不够宏观；也就是说，他对政治、体制的考量还有所欠缺。这可能就是他多年来一直"陪跑"而终未获得诺贝尔文学奖的原因吧！